santugri

santugri

HISTÓRIAS DE MANDINGA E CAPOEIRAGEM

MUNIZ SODRÉ

2ª edição

JOSÉ OLYMPIO
EDITORA

Rio de Janeiro, 2011

Reservam-se os direitos desta edição à
EDITORA JOSÉ OLYMPIO LTDA.
Rua Argentina, 171 – 3º andar – São Cristóvão
20921-380 – Rio de Janeiro, RJ – República Federativa do Brasil
Tel.: (21) 2585-2060
Printed in Brazil / Impresso no Brasil

Atendimento e venda direta ao leitor:
mdireto@record.com.br
Tel.: (21) 2585-2002

ISBN 978-85-03-00944-7

Capa e projeto gráfico: Sergio Liuzzi / Interface Designers
Editoração: Alta Resolução

Livro revisado segundo o novo Acordo Ortográfico
da Língua Portuguesa.

CIP-BRASIL. CATALOGAÇÃO-NA-FONTE
SINDICATO NACIONAL DOS EDITORES DE LIVROS, RJ

S663s
2.ed.

Sodré, Muniz, 1942-
Santugri : histórias de mandinga e capoeiragem / Muniz Sodré - 2.ed. - Rio de Janeiro : José Olympio, 2011.

Contém dados biobibliográficos
ISBN 978-85-03-00944-7

1. Cultura afro-brasileira - Literatura infantojuvenil. 2. Literatura infantojuvenil brasileira. I. Título.

11-6217. CDD: 028.5
CDU: 087.5

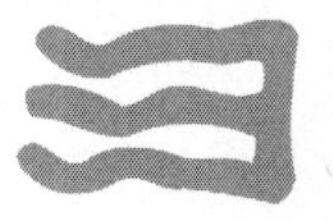

Aos ancestrais,

Ao corpo de OBÁS DO AXÉ OPÔ AFONJÁ.

SUMÁRIO

ancestral

Era ainda aquele tempo, que hoje pouco comove as pessoas da ilha, quando não suscita ditos de desgosto, pois era um tempo em que não reinava a palavra "futuro" e se pronunciava com respeito: antiguidade! Em meio à corrida esbaforida do mundo, ao bafo do vapor da indústria, a ilha acolhia seres oriundos de um continente remoto que, à visão dos ancestrais — nagôs, não angolas, congos, cabindas, moçambiques, mas nagôs! —, arrojavam-se ao solo e saudavam com veneração: Meu Pai! Meu Pai!

Nesse tempo, não havia ainda a invasão dos veranistas, a ganância dos donos de terras, e as casas da gente negra alinhavam-se ao longo da praia de Amoreiras, não muito distante do ponto onde se amarravam as canoas e os saveiros no retorno da pesca, sob a fronde de gameleiras, jaqueiras, mangueiras. Certas casas mantinham-se afastadas, como a do alapini, chefe do culto dos ancestrais, Tio Marco, cuja idade se perdia na noite dos tempos idos e cujo olhar fascinava como o de uma fera, Tio Marco, que se transformava, todos sabiam — virava cobra.

Bino ainda não havia completado dez anos de idade. Morava perto da praia, junto com a mãe, Donata, uma mulher bem-dotada, de visão larga e fama justificada no culto dos orixás, na grande cidade em frente à ilha. Ciosa de manter o filho perto de si e de seu culto, Donata

não via com muito bons olhos as duas paixões de Bino: misturar-se aos capoeiristas que passavam as tardes desenhando com o corpo o lençol de sombras da grande mangueira, e conversar à noitinha com Tio Marco, que por ele nutria um interesse especial, por ele saía de seu mutismo costumeiro.

Da capoeira Donata reprovava a vadiação, os feitos de valentia. De Tio Marco nada dizia, tão grande era o respeito, mas deixava entender ao filho que não lhe agradava vê-lo apegado a um zelador de segredos a que ela própria não tinha acesso, pois o culto aos mortos ilustres era assunto de homem, coisa exclusiva do lado direito do mundo. O Morto, o Ancestral, ligava passado e presente do grupo — era o único traço visível de um mundo que infundia segurança, mas também muito temor.

Bino ouvia Donata, não a obedecia. Às vezes, cedia um pouco na questão da capoeira, permanecendo dias afastado, mas uma coisa forte o arrastava para Tio Marco. Aprendia com ele que sem folha não havia deus, aprendia cantigas. Podia sentir a pulsação da mata, entender o secreto sussurro das plantas, testemunhar sua força. Como na noite em que o velho o mandou colher certa planta e ficou observando a distância. Era um pequeno arbusto, de aparência frágil, quebradiça. Mas quando se dispunha a arrancá-lo, foi contido por uma barreira de força que o impedia de aproximar-se. De longe Tio Marco sorria e, pouco depois, acercando-se da planta, colheu-a com suavidade.

Bino aprendia a chegar perto de bicho, parceiro de gente, como ensinava o ancião. Ensinava mais: dentro, bem dentro do homem, há uma morada de fera, que é preciso conhecer. E mostrava que estranho animal podia revelar-se o homem, que maravilhoso animal podia ser o homem, falava das transformações, de um ponto em que os homens se partiam e passavam a viver a diversidade dos tempos, ocupavam dois espaços de uma só vez e viravam bicho. As palavras de Tio Marco confirmavam o poder dos antigos, a harmonia da morte com a vida.

Uma tarde, sob a mangueira, Bino viu baixar a dúvida, tão grande que ameaçava a continuidade do jogo, junto ao grupo dos capoeiristas. Um deles, recém-chegado da capital, onde trabalhara como estivador, queria introduzir inovações, golpes e movimentos importados de formas de luta estrangeira correntes na grande cidade. As mudanças traziam a força das coisas novas, mas pareciam trair o espírito do jogo, a tradição que equilibrava a vida do grupo. As inovações ganhavam adeptos, mas tristes, por não conseguirem cantar o que mexia com a antiguidade. Não se via ali nenhum contato com o Ancestral.

Bino ficou preocupado. Pressentia, sem que pudesse precisar o ponto certo, que as mudanças falavam de algo mais que o próprio jogo da capoeira, falavam de sua existência possível como negro, seu destino na ilha. Entregue a si mesmo, embaraçado com suas próprias tentativas de explicação, metia-se na mata em busca de um lugar especial, uma pequena elevação, de onde costumava mirar o céu para ver chegarem falanges de deuses, que cortavam fatias de nuvens para se alimentar. Ali se encontrava um dia, ávido de palavras, quando avistou Tio Marco acocorado ao lado de uma árvore. Parecia estar ali há tempo, embora nada se tivesse percebido além dos pequenos movimentos de folhas ou da mata. Bino sentia agora que o velho se deixara ver. Ouviu-o dizer em voz alta:

— Se as palavras lhe queimam a boca, menino, a cura está no silêncio. Venha comigo.

Acompanhou-o até o barracão de onde saíam, quando invocados, os ancestrais. Ali só entravam o chefe e os iniciados de alta hierarquia no culto. Na entrada, depois de saudar o patrono da terra, Tio Marco segurou a mão do garoto, exortando-o:

— Vamos à procura do Invisível.

Bino não voltou para casa aquela noite, deixando Donata preocupada. Naquele tempo (só naquele tempo), a noite era puro enigma. Todos a conheciam, viam com tranquilidade a sua chegada, mas não a decifravam. Era ela sedutora majestade das sombras, que criava para cada ruído da mata, cada movimento furtivo num fundo de quintal, sentimentos de reverência. À noite, em meio às folhas, corria-se o risco do encontro com o Temível — seres de olhos de fogo, criaturas sem cabeça, cantorias intermináveis. A sombra não fazia diferença entre a coisa e suas imagens.

Donata temia pelo filho. E assim atravessou a madrugada, até que de manhã, depois da hora do café, avistou-o chegando em companhia de Tio Marco. Ia brigar, reclamar, mas afinal nada disse, permanecendo quieta, à espera.

— O menino viu muita coisa, Donata — disse o Tio. — Conte, meu filho, conte o que viu, o que sabe.

— Sei que o silêncio é a mãe da fala — retrucou Bino. E se calou.

— Seu filho está iniciado, Donata — sentenciou o velho, afastando-se em seguida.

Bino tinha entrado no culto, tomara contato com o segredo. Passaria por muitas provas, um dia seria talvez alapini, contador de histórias, memória de todos. Por ora, já era muito sentir que novidade alguma poderia alterar o assentamento de sua gente. Nenhum excesso de luz dissiparia todo o poder da noite, o contágio dos enigmas.

Naquela mesma tarde, à sombra da mangueira, os jogadores de corpo viram-no chegar em passo lento, cadenciado. Parecia Ancestral. Entretanto, brincou e riu, como sempre fizera. Jogou capoeira, incorporando os golpes novos com tanta tranquilidade e mandinga, que o espírito do jogo renascia, o novo vinha reforçar a tradição, assim como Tio Marco subsistia em Bino. Esse espírito, logo aceito, trouxe de volta ao grupo a harmonia. No jogo, vida e morte voltavam a dançar juntas.

santugri

Não é nada, não é nada, a roda. Se o vazio ou o traço? Bom, do vazio Deus fez este mundão todo. Não é nada o traço? Mas a criatura só existe quando deixa marca, traça. Para mim, o traço, o vazio, a roda é tudo. Não é nada, não é nada, é tudo. Gosto, sim, sabe por quê? Porque, seu moço, a roda não tem começo nem fim. Começo, fim, a mesma coisa, é nada e tudo. Gosto, moço. Nela, meu corpo é meu — parece que nele nem corre sangue, corre mel. O meu corpo, meu corpo/foi Deus quem me deu/na roda da capoeira/Rarrá!/ Grande e pequeno sou eu.

Meu nome é Santugri, moço. Posso dizer que o nome está ligado a meu segredo. Muito mais não posso contar, nem se quisesse, porque eu mesmo não sei. Mas posso dizer, isto sim, posso, que este meu nome foi causa de mudança.

É que antes, veja só, eu me chamava Heraclo. Homero, meu pai, gostava desse nome, dizem, e insistiu com o homem do cartório para me registrar assim. Eu jamais gostei, meus amigos não gostavam, ninguém gostava, era difícil de chamar — Heraclo. Pior: não combinava com meu gosto pela brincadeira. Onde já se viu um homem chamado Heraclo em roda de capoeira?

Mas foi assim mesmo, com essa graça desditosa, que me criei. Aqui, no Acupe. Isto aqui mudou pouco, moço:

a mesma areia na rua, as casas de palha, o caranguejo no mangue. Só não tem mais escravo. Pois é, conheci muitos, sim. Meu pai? Não, era negro forro. Mas o velho Quinquim, que me ensinou as artes da brincadeira, era escravo. Jamais tomou conhecimento dessa tal de Áurea, de Abolição, essas coisas, porque tinha gosto em se chamar escravo. Se mudasse, dizia, podia perder a revolta, deixar escapar a ironia.

Pois foi Quinquim o meu mestre. Me levava pra mata, pro Alto da Campina, que hoje querem queimar para fazer indústria, trocar ar fresco por dinheiro, e ali praticava comigo. Às vezes virava pião no jogo e eu uma folha seca, que só de roçar o giro louco daquele corpo era lançado pra trás de cara e tudo no chão. Mas aprendi assim, e como — até a me sentir bicho. Como esquecer? Era de noite, à beira do poço, a gente ouvia a zoada do sapo-boi, quando Quinquim me mandou tomar postura de sapo. E depois, arregalar os olhos, deixar a pele arrepiar e pensar que nem sapo. Por um instante fui sapo e enxerguei longe, com a maior clareza, no escuro da mata.

Graças ao velho, entrei no jogo, me fiz mestre na arte do chapéu. Conhece não? O chapéu apara a faca e depois vai direitinho no ouvido do outro. É, sim, surra de chapéu, minha marca, meu traço. Mas também fazia bonito na dança, pois a roda comporta tudo. Muitas, muitas vezes, dia de festa de São Benedito, bem lá na frente da capela, Quinquim formava a roda, com cavaquinho, atabaque e ganzá. Berimbau não havia, o velho não gostava. Juntava gente pra ver, sim senhor, e eu ia ao chão manhoso, lento, acompanhando Quinquim. Era assim o jogo em dia de São Benedito — coisa devagar, sentida, de voto, devoção.

Coisa muito religiosa, com a gente murmurando "eh! eh! Camaradinho, camará!".

Assim, assim, moço, eu me enchi de mundo. Dei pra falar pouco. Céu fala alguma coisa? Falar pra quê, para espantar a minha alma, pra não ver o natural da terra? Precisava não, bastava me acender de grandeza. Mas ainda faltava. Quinquim me explicou: o nome. Heraclo não encaixava, era como passo em falso, era como pedra no meio da roda. Isso era lá nome de capoeira? Isto me desgostava.

Um dia, o destino — coisa poderosa, o destino — ajeitou as coisas. Estava num fundo de armazém lá no jebejebe das peneiras, tomando caninha com Quinquim, o farmacêutico e um gringo que passava férias no Acupe, quando tive de exemplar um valentinho. Coisa de poucos tabefes, ele se acalmou. Pelo menos foi o que achei na primeira hora. Pois o desinfeliz voltou, azul de raiva, estrovenga na mão, pra me dividir a cabeça, como se faz com coco em beira de estrada. Entretido na prosa e na cana, nem dei pelo molecote, que chegou sonso pelas minhas costas.

O berro do gringo me salvou a vida: caí nas molas, vendo passar por cima o fio da morte, e botei o valentinho no chão, com uma meia-lua em cima da orelha. Dizem que ficou lerdo pra sempre. Azar. Se conto a história é porque foi importante o grito salvador. Disse o farmacêutico que o gringo chamou pelo Santo Cristo em língua de gringo. Mas Quinquim ouviu "Santugri", e assim ficou. Passou a ser o meu nome daí em diante. Santugri pra cá, Santugri pra lá — gostei. Ninguém era besta agora de me chamar de Heraclo. Não nasci outra vez? Pois tinha direito a nome novo.

Foi minha sorte, moço, pois o som dessa palavra casava fácil com meu corpo, repercutia bem na roda. Santugri. Quando Quinquim morreu, Santugri ocupou seu posto de mestre no jogo. Faz parte de mim, queira eu ou não. Passarinho não canta por gosto, canta por obrigação. Eu jogo capoeira por cerimônia, por destino. É minha sina, minha sorte. Morrendo, moço, não quero ir pra lugar nenhum — a roda já é meu paraíso.

pra matar besouro

1. Uma charrete em passeio lento pelas ruas da cidade baiana de Santo Amaro da Purificação. A fotografia amarelecida de um vigário

O padre Júlio viu atirarem em Besouro. Passava de charrete pela usina Maracangalha quando avistou o cerco por um grupo de soldados e, logo depois, a fuzilaria. Como padre, não deveria aprovar violências, e ainda por cima covardes como aquela. Mas, afinal, o que ia o mundo perder? Um negro, rebelde, dado às artes da valentia e a ritos primitivos. Carregava fetiches no pescoço, dizia-se filho de um deus pagão. Era bastante respeitoso para com ele, padre Júlio, isso não podia negar. Uma vez chegara mesmo a lhe explicar sua paixão por besouros: quando menino, entreouvira de uma conversa de doutor que o besouro era avesso às leis da ciência — com os recursos que tinha, não deveria voar. No entanto, voava, voava muito. Desde então, afeiçoara-se aos bichinhos, costumava sussurrar para eles, pedindo que lhes ensinassem o extraordinário. Como eles, gostava de contrariar as leis, gostava de voar.

Vejam só o que Besouro tinha na cabeça? Era um inimigo dos cristãos, das leis, ninguém poderia chorar por ele.

2. Um ancião uniformizado, sentado numa escadaria

O cabo Bertinho admite ter ordenado a fuzilaria, sim. E foi pra valer: afinal, tratava-se do perigoso Manuel Henrique, vulgo Besouro. Sua ficha policial dava-o como nascido em 1897, filho de João Grosso e Maria Haifa. Descrevia-o como negro forte, aventureiro, sem trabalho fixo nem profissão definida. Chefiava um bando de perigosos elementos, era também um perigoso capoeirista. Por isso, quando Cosme, o administrador da usina Maracangalha, mandou-me avisar que Besouro estava ali em busca de confusão, cerquei o lugar com quarenta praças e aguardei. Mal ele se mostrou, de manhã bem cedo, dei ordem de fogo. O diabo é que nem uma bala sequer acertou o alvo. Eu repeti o meu relatório várias vezes ao padre, que sempre fingia não me ouvir — para não admitir os poderes do homem. Besouro morreu, é certo, mas não de tiro. Faca, sei lá, o fato é que está morto. Era inimigo dos cristãos, das leis, da polícia, ninguém poderia chorar por ele.

3. Um narrador

Embora jamais tenha sabido exatamente de que morreu Besouro, o administrador Cosme assistiu à cilada. Fora ele mesmo quem a organizara, a pedido do doutor Zeca, pai de Neném, que tinha apanhado de Besouro. História conhecida: o capoeira tinha mania de tomar o partido da gentinha contra a polícia. Brigava com donos de engenhos e fazendas. Permanece acesa nas memórias a feita em que ele arrumou trabalho na usina Colônia, cujo dono, doutor Abreu, se lhe desse na veneta, dizia a esse ou aquele empregado, no dia do pagamento, que o salário havia "quebrado para São Caetano". Reclamar era pior: o atrevido terminava amarrado a um tronco e surrado com cipó-caboclo. Era o tipo de hábito que dava orgulho a fazendeiro, era motivo de conversa nos salões, era o que se chamava a tradição do doutor Abreu. Besouro terminou com ela. Já na palavra "Caetano", segurou o doutor Abreu pelo cavanhaque, moeu-lhe os ossos de pancada e obrigou-o a pagar.

Como tolerar uma ousadia dessas? Besouro era mesmo um inimigo dos cristãos, das leis, da polícia, dos proprietários, ninguém poderia chorar por ele.

4. Um velho bem-trajado, de gravata branca

Fui eu mesmo, sim senhor, Zeca, o Tal, quem mandou liquidar Besouro. Razão eu tinha de sobra. Sou classe produtora, sou proprietário, não iria tolerar ameaça de um negro desordeiro. No dia em que surrou Neném, jurei-o de morte. Não me interessa saber como morreu, o fato é que foi enterrado bem fundo. Trama das boas — apanhei-o no ponto fraco do negro, a letra. Assim: como Besouro estava trabalhando por temporada numa de minhas fazendas, mandei-o entregar uma carta a meu amigo Cosme, administrador da usina Maracangalha, e aguardar a resposta. O negro (que não sabia ler nem escrever) conduziu a própria sentença de morte, pois a carta pedia que se desse fim ao portador. Ao buscar resposta, na manhã seguinte, encontrou a tropa com os dedos firmes nos gatilhos. Ou melhor, os dedos não eram lá essas coisas, sabedor que sou de que nenhuma bala chegou ao alvo. No entanto, o homem acabou morrendo. Foi em boa hora: era um inimigo dos cristãos, das leis, da polícia, dos proprietários, dos herdeiros, ninguém poderia chorar por ele.

5. Uma velha mãe de santo

De idade, só 27 anos, mas tinha na cabeça tempo de se perder a conta. Besouro, amigo, era passado, era presente, era futuro, tinha estofo de ancestral. Já fiz despacho pra ele, sim. Na época, nenhum dos capoeiras de fama — Paulo Barroquinha, Siri de Mangue, Boca de Porco, Dendê, Gasolina, Espinho Remoso, Juvêncio Grosso —, nenhum mesmo, se metia com ele. Era besouro, sim, besouro mangangá, esse bichinho que fura cerco e desaparece na hora certa. Quando os adversários eram muitos, a briga favorecia o outro lado, Besouro sempre dava um jeito, sumia. Se já vi? Sim senhor, e não vejo motivo para espanto, pois o homem era filho querido de Ogum. Foi discípulo de Tio Alípio — com ele aprendeu os segredos da capoeira, dos orixás, a jamais descuidar das obrigações. Tinha muito orgulho da gente negra. Polícia é que não valia nada, não passava de "morcego". Ainda me lembro: um praça que bebia num bar do Largo da Santa Cruz maltratou um mendigo. Besouro tomou-lhe a arma e o fez beber de vez meia garrafa de cachaça. Confusão armada: o morcego contou tudo ao cabo, que reuniu dez homens com ordem de levar vivo ou morto o ofensor. Pelo menos, tentaram. Encostando-se na cruz, bem no meio do largo, Besouro abriu os braços e disse que não se entregava. Violenta fuzilaria, ele estendido no chão até aproximar-se o cabo, para levar uma rasteira de mestre, perder a arma e o controle sobre a coragem do resto da tropa. Besouro saiu cantando: "Vão brigar com caranguejo/que é bicho que não tem sangue..."

Como morreu, não sei, mas foi, sim, inimigo dos cristãos, das leis, da polícia, dos proprietários, dos herdeiros. Não era gente que chorasse por ele.

6. Antigo capoeirista

O mestre morreu? Bem, nesta terra finou, sim, camarada. Vi tudo — as traições, as covardias, tudo. Primeiro o fogo dos morcegos, mas ele não foi sequer tocado. Que nem mangangá, no rumo do vento, escapuliu das balas. Na pressa, deu as costas a Eusébio da Quibaca, pau-mandado de fazendeiro, que o atingiu com uma faca. Há quem pense que aquela facadinha matou o mestre. A verdade é que ele ainda mergulhou no rio e se afastou dali a nado. Mas aquele era um dia de destino, de coisas feitas, poderosas. Na curva do mangue, dois meninos (dizem que gêmeos, que o mestre sempre teve cisma com gêmeos) brincavam em água funda com varas longas. Por baixo, de mansinho, os mabaços penetraram com as varas — e cada uma tinha amarrada na ponta uma faca de ticum — o coração de Besouro. Só mesmo assim: filho ilustre de Ogum não ia morrer pelo ferro. Mas com a

lâmina da palmeira, árvore de mistério, foi feio o corte, foi coisa fatal. Eu, nós, os discípulos, os parentes, vimos Besouro morrer. Vimos também um mangangá sair voando da terra da sepultura.

Era, sim, um inimigo dos cristãos, das leis, da polícia, dos proprietários, dos herdeiros. Todos nós choramos por ele. Besouro morreu? Foi pros Palmares, camará.

áfrica

Da janela da cabana, em cima do morro, Caiodê contempla a planície ao longe. Deveria sorrir, como diz seu nome — "a alegria chegou". É o mesmo do tataravô, contam os mitos familiares, um guerreiro que caçava leão sorrindo, capaz de dançar na frente da morte. Caiodê é também homem alegre, também afeito a guerras. Mais de uma vez enfrentou inimigos temíveis, bandos impiedosos que entram nas casas semeando devastação. Perigos que conhece de experiências presentes e de histórias, ouvidas desde a infância, sobre remotas invasões de aldeias por traficantes de escravos, equipados com armas de fogo.

Caiodê herdou lembranças tristes, que não predominam — a alegria lhe define atitudes, movimentos, até mesmo na briga, quando as armas limitam-se ao corpo. Jamais sai perdendo: é muito hábil com as pernas. Igualzinho ao tataravô dos mitos, que lutou desarmado com cinco guerreiros, arrebatando-lhes as lanças a pernadas — "patá-patá", como narrava a bisavó na língua de origem.

Caiodê adora as coisas de origem. Com o tataravô, o avô, o pai, consulta às vezes os búzios antes de ir à caça, mas carrega todo o tempo no pescoço um colar de contas com as cores da matéria cósmica responsável por sua cabeça. E sente-se com muita sorte, por manter a vida, ao contrário dos dois irmãos, que um morreu de arma de

fogo, outro de doença, de fome. Fome é a grande inimiga de Caiodê, única capaz de lhe estancar a alegria, invasora que não respeita ninguém — forte, fraco, velho, criança. E são cinco as crianças na cabana, além da mulher. É preciso caçar, trazer alimentos, ludibriar a grande inimiga.

A lembrança dessa atroz perseguidora agora impede Caiodê de sorrir. É a nuvem que lhe anuvia o rosto, que aparece quando se ausenta o sol.

É, sim, é a fuga da luz que lhe rouba a alegria. Como o tataravô: era caçador, um guerreiro, a chuva não o ajudava. Certa vez, narrava a bisavó, o sol escondeu-se durante muito tempo, provocando ruína e fome na aldeia ancestral. Desde então, os búzios associam a sorte da linhagem ao calor e à luz forte.

(Na planície, ao longe, movimentam-se as coisas, os seres. Dali virá de algum modo a possibilidade de comer para as crianças, a mulher.)

Ainda sombrio, Caiodê mastiga sobras de carne, calça as sandálias, pendura em cada ombro um bojudo tambor de lata (frágeis armações ante a imponência muscular do guerreiro negro) e deixa a cabana, pronto a descer o morro. Vai tentar. Mesmo sem sol, é sempre possível que a gente branca das praias do Rio decida-se a comprar um copo de chá-mate. Caiodê vai procurar encantá-los com o último samba-enredo, com piruetas do jogo de corpo em que é mestre e que exibe todo ano na avenida. Se for preciso, mesmo sem luz, sorrirá.

avô

Cidade do Salvador, há um século e meio, se tanto. O fato conheço bem, é contado de uma geração para outra na família. Difícil dizer o nome certo do ancestral, mas de que foi minha origem não tenho dúvida. Eu o chamo de Avô: um nagô altíssimo, pernas e braços longos, grande mestre nas brincadeiras do corpo, das pernadas ao batuque.

Naquela tarde de domingo, não brincava. Fora mandado aguardar, na beira do cais de um pequeno engenho (hoje solar visitado por turistas), uma mulher, escrava como ele, que chegava de Cachoeira. Fazia companhia à esposa do amo, dono do engenho, mas, como daria à luz em breve, estava sendo devolvida. Esta é a palavra — como uma ferramenta, um pacote que se despacha.

Vinha ela assim empacotada, no fundo de uma barcaça que então se usava, dizem, parentes do saveiro. Havia um porão com janelinhas — onde ficava a escravaria — e uma parte ao ar livre para senhores e marinheiros. O porão não era nada de terrível, de cruel, assim como aquela imensa caverna da morte onde chegavam da Origem, quando chegavam, os negros.

Sabe-se, porém: Avô não gostava daquele barco. Não lhe agradavam trancas nem correntes, incomodava-o a fechadura que isolava o porão. Eram desnecessárias, nenhum escravo de serviço ofenderia o espaço livre dos amos. Mas

havia ordem de cima e pronto. Talvez para lembrar aos cativos a sua condição.

Cativeiro vem e vai, o filho daquela escrava ia nascer livre, mandava a nova lei. Nasceria ingênuo, dizia-se. Avô já tinha muitos filhos, mal conhecia aquela mulher, mas era sabido que a simples menção de um negro forro fazia-o dançar.

O sol brilhava, corria uma brisa fresca, era tarde propícia a jogos de corpo à beira do cais. Avô, porém, olhava para a linha do horizonte, onde apareceria, como de repente apareceu, o barco.

Viu-o aproximar-se, viu-o parar longe do cais, viu o alarme em todos os outros olhos ao redor — a barcaça estava afundando. A razão, desconheço. O fato é que ia rapidamente a pique.

A cena: na canoa, logo baixada às águas, salvavam-se senhores. Os marinheiros atiravam-se ao mar, para ganhar a praia a nado, imitados pelos escravos, que escapuliam de cabeça através das janelinhas do porão.

Por ali, entretanto, não passaria a barriga da mulher.

Do cais, num relance, Avô compreendeu. Atirou-se então ao mar e nadou até o ponto em que a embarcação desaparecia. Chegou a tempo de agarrar a quilha, onde se apoiou para tirar da cinta uma faca, que rebrilhou ao sol. Depois, afundou junto com a escrava, ficando fora da vista por tempo maior que o fôlego retido de todos os circunstantes em terra.

Reaparecendo acompanhado instantes depois, Avô conseguiu puxar a mulher até a margem, onde caiu extenuado e deixou ver a mão direita bastante ferida, sem a falange do dedo indicador. A faca e a mão tinham servido

como um só instrumento desesperado para alargar às pressas uma janelinha do barco. A façanha de Avô correria as ruas da cidade.

Tempo mais tarde, tempo de festa, quando só se exibiam senhores e filhos de senhores, o povo nas ruas parou um instante, numa tarde, para ver passar um grupo de negros enfeitados. À frente, iam Avô e a escrava com o filho enganchado ao pescoço. Um vistoso anel de ouro (que até hoje faz parte dos assentamentos religiosos da família) adornava o resto de dedo de Avô. Ele desfilou pela cidade sem ser molestado, garboso, como um rei da gente, cantando e dançando à maneira dos ijexás.

Há quem diga que essa foi a primeira vez que um negro brincou no carnaval da Bahia.

preto velho

Ninguém viu o velho.

Eu tinha uns oito anos, por aí. Hoje estou pelos oitenta, não sei, que documento nunca foi meu forte. Nem quero saber: minha folhinha é outra, diferente a minha conta. Basta zanzar um pouco, ficar um tiquinho lerdo, dar dois dedos de prosa, que o tempo volta onde quero, como quero, agora mesmo.

Ninguém viu o velho preto.

Só eu. Estava do outro lado da rua, em cima do passeio, bestando, ensaiando o que já me atraía na capoeiragem, quando reparei no homem. Tinha carapinha branca, olhos apertados, os ombros curvados, não era muito alto. Vestia calça e paletó de brim, surrados, sem cor nenhuma. Não sei dizer se calçava alpercata. Pensando bem, não precisava: os pés lembravam couro, rachados nas beiradas. Pés de couro — curtidos na poeira dos caminhos, nas pedras das ruas, com defesa pra bicho, espinho e topada.

Por que ninguém viu o velho preto chegar?

Ainda hoje me pergunto. O que sei: ele apareceu encostado no muro ao lado do armazém, com uma caneca de lata na mão estendida pela metade. Na outra mão, à guisa de bengala, um esquisito pedaço de pau. Imóvel, calado, o velho olhava fixo para o chão.

Acho que ainda não havia soado a sirena do meio-dia, quando passou o oficial de caveira. É, de caveira. Assim o povo chamava naqueles tempos qualquer matador profissional. Pouco importa se de polícia, particular ou mandado, contanto que tivesse um cemitério na consciência, merecia a patente: com ele ninguém queria contas, todos o temiam.

Menos o velho preto encostado no muro.

Isto se via no olho, sentia-se no gesto. O ancião mirou com desprezo e estendeu o braço reto, caneca de lata na ponta dos dedos, à altura do rosto do oficial, no momento em que ele se aproximou. O jagunço deu resposta violenta, derrubou com um tapa a caneca.

— Juro, juro, nem vi o velho mexer.

O certo é que a bengala, porrete ou lá o que fosse voou curto no crânio do oficial, prostrando-o. Sangue mesmo não se avistava, mas o bruto também não deu mais de si, nem fez tenção de levantar. Não tardou a parar gente, a tentar socorro. A sentença: o homem estava mesmo morto. Eu quis gritar (não me saiu voz da garganta), apontar — o gesto congelou-se em meu corpo.

O velho preto me olhava.

Às vezes acho que só eu o via. Pelo menos só eu sentia aquele olho que me entrava na cabeça, me prendia no lugar, tapava-me a boca. Lá estava o ancião, parado, caneca de lata, bengala, encostado no muro e ninguém lhe perguntou coisa alguma, nem sequer quando o cadáver foi levado embora.

De noite, em casa, não falei a ninguém do que tinha visto. Aliás, não falei nada, fui dormir cedo, mudo, quieto. No dia seguinte, meu pai me contou que um velho o encontrara à noite na porta lá de casa e me fizera um elogio: "Seu filho é muito educado, vai viver muito, vai longe."

Disse meu pai que agradeceu. E mais não podia dizer, que nem mesmo se lembrava de ter visto chegar ou partir o preto velho.

querido de deus

Entardecia. Era aquele instante em que o sol, despedindo-se, transforma o céu em ouro, deixando nas retinas dos viventes o brilho do reinado. Iria embora o sol, breve cairia a noite, mas aquele era aos meus olhos o instante em que cor não tem nome, nasce e morre num mesmo impulso, como se o tempo, mudando de pele, revivesse a criação. Entardecia sim, e era o instante que mais me deixa em mim. É quando amarro firme o saveiro e tomo o caminho de casa. Entardecia, eu estava em Água de Meninos, já fora da embarcação, quando me apareceu o amigo, o escritor famoso, com dois acompanhantes, um japonês e um americano. Gosto do escritor: não é exatamente um amigo do peito, mas sempre foi pessoa de merecimento, desses que não têm besteira no trato com os da terra, um amigo, afinal. Foi se chegando, cumprimentando e apresentando: "Mestre, estes são conhecidos meus, pessoas recomendadas, a quem mostro a Bahia". Conhecido não é o mesmo que amigo, mas enfim, muito que bem, perguntei o que posso fazer por vosmecê. E ele: queria que o senhor mostrasse a capoeira. Rarrará, pois sim, com que então o jogo já tem todas essas valias! Relutei, fiz um pouco de doce, mas não sou de deixar ninguém na mão, terminei chamando o Manuelzinho, da barraca "Deus Dará", e ali, na beira do cais, sem cantiga, berimbau, sem nenhum som, mostramos a brincadeira

pros homens. Brincadeira, insisto: jogamos angolinha, sem maldade, só pra dar uma ideia. Agradei? Talvez sim, mas então não precisava dar a chateação que deu. Assim, sem mais nem menos, o japonês entendeu que o jogo era só dança, que não tinha nada a ver com luta e, com sorrisinho fingido, me desafiou. Depois, a gente mesmo ainda canta que capoeira é bicho "farso"... Falso mesmo era o amarelo, que me chamava sorrindo, com ares de amizade, mas que se mexia o tempo todo como fera. É, sim, tenho essas coisas comigo, de medir gente por padrão de bicho. Olho pros pés, vejo gato; pros olhos, onça; pros braços, aranha, mas também me dá de ver galinha, pinto, tudo quanto é bicho frouxo. O japonês era um tamanduá, e eu o sabia por seu jeito de plantar os pés no chão, de arquear os braços, escondendo a força, pra não espantar a vítima. Ainda por cima, eu sabia, nunca fui bobo, que japonês é dado a artes perigosas, dessas que botam o vivente de cara na terra, sem tempo de apelação. Aquele ali, o conhecido do amigo escritor, resolveu ser honesto e foi avisando, enquanto tirava paletó e gravata, que tinha sido campeão de judô. Eu não conhecia, e até hoje não conheço, a mandinga desta arte, mas tinha certeza de que era coisa de tamanduá, coisa de abraços mortais, de sufocar coitado. É. Assim como são os homens são também as criaturas, ou o contrário. Eu tinha pela frente um tamanduá. Não gostei. Afinal, eu trabalhara duro o dia todo, o resultado da pesca quase nada, fiz aquela demonstração para servir a um amigo e recebo na cara um desafio, alguém põe em dúvida a brincadeira. Não gostei, não, mas também não receei. Pra que dizer, não. O escritor ainda tentou se meter, dizer pro japonês que não era a coisa mais bem-educada a fazer, mas o americano insistiu, entusiasmado, e o amarelo não arredou pé. Queria ver o jogo à vera, e pronto. Não tive jeito: vamos lá, angolinha mais uma vez. Comecei manso, gingando, acenando com a mão, fazendo as honras da casa, do corpo. É isso aí: o corpo é casa — do mistério. Pode haver quem ache que é coisa de dois e dois, que nele tudo sai certinho conforme o calculado. Mas eu tenho comigo que não é assim, que a conta é outra, é de fora deste tempo ordinário, é de dentro do segredo. Falo de experiência, cabeça nenhuma é dona do corpo. Lembro uma vez em que eu ia entrando no barco com uma pilha de pratos na mão, a cabeça longe dali, cheia de minhoca e aporrinhação, quando Bento, bem na minha frente, de remo atravessado no ombro, voltou-se sem dar aviso, e com tal rapidez, que a quina do pau ia achatar direitinho o meu pé de ouvido. Com um pé na borda do saveiro e o outro no cais, verguei o corpo para trás, os braços esticados para cima, sustentando os pratos, que nem gaiato de circo, equilibrado sobre o vazio da água. Disse verguei? Talvez seja melhor dizer que o corpo me jogou para trás, sem plano, sem treta, cálculo nenhum. É, o corpo vive às vezes sozinho, com manhas próprias. E agora, eu sentia que o japonês era desses que se julgam senhores do corpo, desses que amontoam saber e truques, dobram o físico com ginástica e viram maquininha de bater. Isso eu via no olhar do homem, no retesamento dos músculos, na confiança atrevida. Eu? Eu nem aí... Comecei remanchoso, sem afobação, dançando angolinha. Corpo gosta de dança, é preciso agradar o corpo. Ginguei mais, fui ao chão, levantei o braço, esperei. Na fome, o amarelo avançou e me agarrou a mão. Tamanduá purinho. Primeiro meu braço

ia virar um nó, desses que ninguém desata, depois eu seria engolido num arrocho. Isto é o que estava na cabeça do homem, é o que a cabeça dizia ao corpo pra fazer. Bem-treinado, o corpo faz tim-tim por tim-tim. Mas também é capaz de vingança, que corpo não gosta de ser escravo da intenção de cabeça. Se vinga, sim, avisando aos outros a sabedoria da cabeça. Pois corpo vive de amor, seu segredo não passa por língua grossa. Quantas, quantas vezes, no entardecer, à beira-mar, eu abria a camisa e deixava a brisa me tocar, macia como mulher, e depois, bêbado de carinho, saltava para cima, cada vez mais alto, até pegar na ramagem das árvores, tão leve me ficava o corpo. Quantas, quantas vezes, no jogo da capoeira, o corpo não ficava em pleno ar, na emergência da queda bruta, mas terminava rolando manso, que nem pluma, no chão? Corpo gosta de capoeira, que é jogo amoroso, sim. Amor não é coisa fraca, muito menos boba. Meu corpo viu logo de saída como o tamanduá se movia, o que ia fazer. Por isso, levantei o braço, qual isca para xaréu, à espera do ponto xis. É coisa que nenhuma cabeça conhece, é do mistério do corpo, sem nome, sem conta, como as cores do entardecer. É um ponto que aparece no peito, no braço, na perna, em qualquer lugar, conforme o momento. O japonês não sabia, não podia saber do ponto xis, pois só tinha aprendido a ganhar, não era de contemplação. Mas o dele se mostrou bem claro no calcanhar. Ali não tinha equilíbrio, não tinha saber, não tinha nada. Desci na rasteira, com vontade, e puxei. Adeus, tamanduá. Não quero exagerar nem contar vantagem, mas o fato é que o distinto ficou mais leve do que nunca na vida, voou. Acredito que a brincadeira pudesse ter durado muito mais se, na queda, ele não tivesse batido com a cabeça na beirada dura do cais. Ai, cabeça! Não gostei, não queria machucar ninguém, muito menos o conhecido de um amigo meu, gente fina. A queda foi feia, sim, mas também não era pra desmaiar, entrar em coma, esses chiliques de moça. Enfim, tudo acabou bem: o socorro chegou rápido, o amigo escritor não me pareceu aborrecido, pois contou pra mim, com risadinha de viés, que o jogo não havia durado nem um minuto. Ainda bem, pensei, pois as luzes já se acendiam ao longe, lá pras bandas de Itapajipe, e eu queria chegar cedo em casa pra comer aquele peixe que a companheira prepara com toda a graça dos céus, não fosse eu chamado Samuel Querido de Deus.

acabador de fera

Um

O vaqueiro entra esbaforido sala adentro, avisa ao dono da fazenda:

— Coronel Justo, o doutor Zeca Passarinho chegou à vila de arma na mão, muito nervoso.

Justo, o fazendeiro, franze o cenho, aborrecido. Já conhece o motivo: Zeca perdeu no tribunal a posse de terras que ambos disputavam há anos. Houve manobras de parte a parte, todo mundo sabe, ganhou o mais influente. Mas Zeca Passarinho é um cabeça-quente, não se conforma.

— O que ele está dizendo?

— Que quer testar o senhor, coronel.

Não é ameaça pra se deixar passar. Muita gente na região poderia sentir-se tentada a imitar o Zeca, a contestar a legalidade de certos títulos de posse duvidosos, a engrossar a fala.

— Esse rapaz está voando perto de nuvem cinzenta...

— Ah, isso é verdade, coronel. Mas podemos reunir dez homens e apeá-lo das alturas.

Justo não se anima com a sugestão. Os tempos andam bicudos. Ele é agora muito rico, famoso, visível demais para se permitir à comodidade dos assassinatos mandados de outrora. Uma chacina não seria nada conveniente nesse momento em que acaba de triunfar no

tribunal. É preciso fazer alguma coisa que neutralize o Zeca, sem maiores complicações.

— Não, não, isto é coisa de um pra outro. Eu é que deveria ir lá, mas não vou dar esta honra ao Zeca.

— Doutor Carlinhos está agitado, querendo ir em seu lugar, coronel.

Meu filho? Pra quê, pra morrer? O Zeca costuma desenhar um passarinho a bala em pedaços de madeira. Não, meu filho é capaz de administrar uma fazenda; defendê-la, jamais. Por outro lado, não posso mandar um homem qualquer, porque é bem possível que não volte, é bem possível que eu me enfraqueça. O desgraçado do Zeca tem bico afiado.

— Coronel, e Sindô?

Aquele negro! Sim, sim, claro, Sindô. É meu empregado há muitos anos, mas jamais ouvi dele uma frase inteira. Responde por monossílabos, fala e ninguém entende. Já o vi, porém, derrubar um boi a soco. Já o vi manejar a faca como artista de circo. É um acabador de fera.

— É isto aí, vai o negro, Sindô, sim. Zeca está esperando gavião? Vai receber um urubu!

Dois

A caminho da vila, Sindô imprime ao cavalo uma andadura lenta. Não tem pressa nenhuma. Ouviu todas — todas — as palavras do coronel Justo. Nenhuma lhe causou qualquer emoção, tão só a regular, uma atenção resignada. O gavião mandou desarmar o passarinho, pra fazer vexame, muito que bem. Sindô vai obedecer à ordem,

assim como isolaria o doutor Justo se fosse empregado do doutor Zeca. Importa apenas a ordem, a obrigação. Pois no fundo todos os brancos são gaviões, com quem não vale a pena falar. É o que aprendeu com Tio Inácio, contador de casos. Assim é que, um dia, estavam o gavião e o urubu pousados numa árvore, quando passou toda fagueira uma pombinha, rumo à montanha. "Olhe ali, compadre urubu, nosso almoço", disse o gavião. Olhando para as rochas pontiagudas, o urubu recusa-se: "Obrigado, compadre, mas prefiro carne fria." Sôfrego, o gavião sai em perseguição da pomba, que consegue fugir. Mas, em seu bater furioso de asas, o gavião se choca com a rocha, caindo ao chão. Agonizante, escuta a voz do urubu: "Eu lhe disse, compadre, carne fria é melhor..." Sindô canta de felicidade ao recordar Tio Inácio. Sabe, porém, que os brancos às vezes contam boas histórias. De um doutor ouviu certa feita que uma águia aperreada no voo vive tanto quanto um defunto no caixão. Sindô canta de pura felicidade.

Três

No salão de sinuca, Zeca põe em cima da mesa o copo de cerveja ao ouvir Sindô — aquele negro, meu Deus, um negro! — chamá-lo quase respeitosamente de doutor Passarinho. Responde "oquequié" e puxa rápido da cintura o parabelo. Fica só nisso. A seu lado já se encontra, depois de um pulo de gato, Sindô, que lhe arrebata o guardião da coragem, ao mesmo tempo em que o empurra com o pé contra a parede. Zeca permanece onde caiu, paralisado ante a velocidade do ataque, humilhado pela facilidade com que lhe foi arrancado o parabelo.

Sem olhar para trás, Sindô (aquele negro!) encaminha-se para a rua, estacando por um instante para contemplar na mão o objeto reluzente, a presa, que deve entregar ao coronel Justo. Comenta alto, mas para si mesmo:

— Belaiarma!

E retorna, indiferente, à fazenda.

iamada-san 4

"Acum Babá
Acum gelê
Nego nagô
Virou saruê"
(Cantiga baiana)

4

(Dizem)

Saruê é saruaba, é sarará. Uma só qualidade de crioulo, de quem se diz muito: que tem poderes, que é raça estranha, isso e aquilo. Pode-se não dar muita confiança à lenda, mas vai ser preciso admitir que é gente de manha no corpo. Fala-se até de transformações, em que eram vezeiros antigos mestres nagôs.

Basta ver o caso de Iamar Alves de Andrade.

Assim ninguém vai reconhecê-lo, claro. Poucos daqui sabem seu nome de batismo, acostumados a chamá-lo de Iam. Um saruê retado. No bairro da Liberdade, lá na Bahia, onde Iamar não é sequer Alves de Andrade, mas simplesmente Iamar-da-Edite, filho de dona Edite, casada com Zeca-do-açougue, lá, sim, se conhece Iamar.

Foi sempre um feio: atarracado, cabeça triangular, olhos puxados. Nem mesmo a infância, quando mais se herdam coisas do paraíso, conseguia atrair para ele grandes sentimentos de ternura, reconhecimentos de beleza. Era desses que inspiram às crianças mais velhas impulsos de maldade, de dar cascudo. Mas, com ele, ninguém se atreveria: sempre foi cão puro, osso duríssimo no tapa ou na corrida.

As histórias são muitas, mas ficou famosa uma briga com Bira, filho de Manuelzinha-da-quitanda, que era gente de altura e músculos. Na primeira atracada, Iamar encaixou uma gravata nunca vista que, para soltar, demandou muito homem forte e muito tempo. Puxava-se, batia-se, e o diabo agarrado. Terminou soltando, não por cansaço nem por força dos outros, mas por fastio, ou por ter chegado a noite com a calmaria da sombra. Bira contaria mais tarde, passado o trauma, que parecia arrocho de jiboia, desses que sufocam aos poucos, quanto mais se mexa ou esperneie a vítima.

Mas era mesmo coisa de sarará, na opinião de gente instruída em mistérios. Era o primeiro sinal de transformação.

(O fenômeno da metamorfose, dizem, acontece em saruê com razoável frequência. De mestre Piroca Peixoto já se ouviu que existia em Lobato um saruaba, capoeirista, apto a transformar-se em gato, quando perseguido pela polícia.)

Iamar não era propriamente da estirpe dos sobrenaturais, mas sem dúvida mudou muito depois que passou a frequentar roda de capoeira no quintal de Valdemar da Paixão e a se exercitar diariamente com Bimba. Engrossou o pescoço, surgiram-lhe músculos de dar na vista, adquiriu um andar gingado. Não demorou a tornar-se mestre: um indivíduo cheio de intimidade com coisas como aú de cambaleão, meia-lua de compasso, armada, chapa de pé e outras mandingas do corpo.

Até aí, nada de estranho ao que sabem vizinhos, amigos, o pessoal da Liberdade. Depois deste limiar, porém, ninguém dirá grande coisa sobre esse rapaz de tantos dotes, tanta manha, tanta renitência, pois rumou cedo para o Rio de Janeiro. Sabe-se, sim, que aparecia de vez em quando nas folhas, com o nome de Iam, recebendo um troféu de berimbau de ouro aqui, exibindo-se num centro de capoeiragem ali. De repente, cessaram as notícias, um véu de sombras desceu sobre a crônica baiana de Iamar.

Hoje, juntando pecinhas, fica-se sabendo que tudo se deu mais ou menos a partir do período em que ele descobriu o Japão. Foi coisa assim de estalo, embora já morasse o mistério em sua cabeça. Certo dia, durante brincadeiras de força, um oriental de pastelaria e caldo de cana ficou impressionado com o velho arrocho de jiboia do Iamar. Convenceu-o a treinar judô — em que não tardou a ganhar mestria. Depois, o caratê e todas essas artes da malandragem oriental que estimulam a prática do proibido: chute embaixo, dedo nos olhos e afins. Era de espantar até mesmo especialistas, as coisas que fazia o Iam, pois andava em parede assim como quem não quer nada, dava saltos de borracha, partia coco com a mão fechada. Discípulos, campeonatos — ganhou muitos, dos mais rijos, dos mais ilustres. Amizade, conseguia fazer até com japonês de colônia, que é gente arredia, como dizem, estranha, às vezes parecida com sarará. Iam demonstrava grandes afinidades com essa raça, passando a comer de pauzinho, a cumprimentar com a cabeça, a dar pouca ou nenhuma notícia de si mesmo.

Ainda assim, sabe-se mais: casou com mulher bonita. Seria difícil para alguém da Liberdade dar crédito a esta informação, extravagante em face da memória viva que se tem da figura do Iamar, mas o fato, a verdade histórica dos fatos, é que o rapaz de feiura tão grande como sua habilidade física, foi alvo da paixão de uma dessas deusas de capa de revista colorida.

Pois não é que, com tudo isso, todas essas virtudes, êxitos tais, essa prosperidade, tal mulher, Iam, o saruaba, partiu um dia de repente sem que se soubesse para onde. Abandonou o prazer, os discípulos, os amigos, sem qualquer sinal, qualquer motivo aparente. Mais uma vez, as sombras cobriam a história de Iamar, e agora com maior escuridão. Dele nada mais se sabia ao certo.

(Esses pormenores um tanto abusivos não são pra ofender ninguém, nem a história alheia, mas tornam mais intrigante o relato do destino de Iamar.)

Reapareceu dois anos depois, assim como viajou, sem dar aviso. Era agora monge budista e, como tal, vestia-se de longa túnica amarela, ostentando um crânio raspado a navalha e mergulhando em silêncio profundo diante do interlocutor. É preciso que se diga, se admita, por mais estranho que possa parecer, ainda que seja algo previsível na ordem das coisas da gente saruê, que esse rapaz realmente lembrava agora um oriental. Os olhos — talvez a idade, talvez a força de vontade — pareciam mais rasgados; a tez, possivelmente em razão da falta de sol ou por motivos próprios da epiderme saruaba, aproximava-se bastante do amarelo. Continuava feio, porém não era mais o Iamar, aliás Iam, e na certa, para disto ter plena consciência, exigia ser tratado como Iamada-San. Pretendia viver de ciência do Oriente.

Nesta terra onde a galhofa é grande instituto no direito dos costumes, jamais se ouviu dizer que o personagem deste relato tenha passado por algum vexame ou caído em descrédito. Certo, ninguém teria muita coragem para fazê-lo na sua frente, mas também nada se fez ou disse por detrás, ao que se saiba. Iamada-San foi aceito, incorporado.

Do mistério de sua transformação, sabe-se quase nada. A um velho amigo contou ter andado pelo Japão, onde refinou as artes do corpo, recebendo altas distinções. A outro, que passou meses num mosteiro, em pleno Tibet, entregue aos segredos da meditação e da medicina, graduando-se.

Sua mandinga aumentou, é opinião de todos. Reúne agora em torno de si alguns discípulos, mulheres bonitas inclusive, aos quais responde às vezes com tiradas da maior sabedoria. A um deles respondeu certo dia, que a vaca deu à luz um elefantezinho e que nuvens de poeira se levantam no horizonte. A outro, que o segredo pertence a quem se cala.

De fato, tem falado pouco, muito pouco, Iamada-San. Dele, sim, fala-se bastante: que faz prodígios com as agulhas, com as mãos, com as ervas. Que até já fala com sotaque uma língua enroladíssima, dizem que oriental.

o nome do pai

Deitada no divã, a mulher loura, magra e pálida conta que tem sonhado com a lua, com passeios inquietantes no solo lunar. Na penumbra, sentado numa poltrona, o Doutor Washington Joseph escuta a novata com atenção, mas pensa também no tempo, que está quase se esgotando. Terá dez minutos de descanso à frente. Esta é a pausa entre um cliente e outro — assim ele pode molhar a fronte, esticar-se no divã, fechar por instantes a cortina e os olhos.

Interessa-lhe muito o relato desta mulher. Mal se deteve na fala anterior — "tive um sonho, o senhor era um feiticeiro..." Está habituado, sabe que tem a ver com a cor de sua pele: negra, cobrindo um corpo alto e esguio.

Feiticeiro, sim, por que não? Washington Joseph dos Santos. Cinquentão, feito na vida, hoje lhe parecem acertados os desígnios do pai ao batizá-lo em inglês. Era preciso distinguir-se dos severinos que já se multiplicavam em Cascadura. Imperioso refinar a malandragem.

Dar razão ao Pai: bastava olhar o Tio Zequinha. Com toda aquela esperteza de terrenos e papéis, entrou em cana mais de uma vez. Falso malandro. Verdadeiro era o Tio Carlão, mas nas artes do corpo, nas sutilezas dos búzios, que elevavam só o espírito, deixando a matéria, sofrida matéria, comer a poeira do chão.

Pai, no entanto, sabia: nome tem força, levanta peso. Pra dizer a verdade, mandinga é nome, palavra só. Daí, Washington Joseph. Já muito antes da guerra, Pai sentiu quem ia mandar no mundo, quem ia falar grosso no país, e tinha prontinho um nome de gringo na hora do nascimento do filho. Som de relevância, de respeito: hálito poderoso na pronúncia. Tio Carlão ensinava que sopro tem axé.

Pai estava certo. Na escola, a professora sempre se mostrou cuidadosa ao chamar "Washington Joseph!", evitando atropelar o nome e seu dono. E tinha muito mais. Num fundo de quintal, certa feita, uma senhora entrou em barravento só ao ouvir um cambono gritar por Washington Joseph.

Como não aprender a medir a força das palavras? Uma cura, outra mata, depende da qualidade da força. Teria sido mais poderoso que o Tio Carlão se persistisse nos cultos de origem. Tarimba de dentro, era dom. Menino ainda, já tirava carrego de gente grande com toque na testa, palavra sussurrada. Menino, sabia fugir a murro na cara ou chutar a bola entre as pernas do goleiro. Era o sucessor natural de Tio Carlão.

Mas havia o nome, o nome, visgo passarinheiro pra pegar o diferente do outro. Osto, Uócito, Uóisto, Washington Joseph. O filho do Pai seguiu a trilha da pronúncia certa. Foi parar na Escola de Medicina, onde se aumentava o prestígio do nome.

Psiquiatria, claro motivo: carreira de futuro. Ninguém precisava consultar os búzios para perceber que, do modo como se organizava o mundo ao redor, a loucura era um veio de ouro. Mas foi preciso penar um pouco pra chegar à conclusão de que doido pobre não elevava doutor. Washington Joseph dos Santos terminou descobrindo a tal da psicanálise. Esta, sim, era coisa de gente muito fina, que se curava com palavra finíssima, com voz de segredo.

Caminho promissor para um mandingueiro, do qual Washington Joseph não se afastaria jamais. Com um colega distinto formado na Inglaterra, aprendeu o que faltava: os modos, o tom, os nomes certos. Primeiro veio a saber que ele próprio tinha de ser cliente, que tinha contas a prestar à lei do juízo. Depois, que doido propriamente não existia, era tudo uma questão de estilo, todo mundo era doidinho.

Bem, a regra tinha suas exceções, os casos graves, os que misturavam palavra com coisa. Para esses, era preciso medir muito a palavra. Como esquecer aquele moço tão inteligente, mas tão aéreo, a quem recriminou brandamente por andar nas nuvens? Palavra com coisa: despencou do alto de um morro, tentando realizar a caminhada impossível. Palavra mata, palavra cura, já sabia o Tio Carlão.

Felizmente os doidinhos fazem maioria na clientela. Com eles, firmou nome. Com eles pode aplicar sem medo as lições da Inglaterra, agir como *gentleman*, pontuar as palavras daquele jeito cortês que — ele sabe — dá *frisson* na pele de tanta gente. Sabe, sim, o poder de uma vírgula: ao invés de "sim senhora", um "sim, senhora". O silêncio para a fala, a mandinga está no verbo e na pausa.

— Sim, senhora.

A mulher quer saber, ansiosa, se ele escutou todo o relato, o que acha, o que está pensando. Washington Joseph dos Santos esboça um sorriso: o sonho expressa o temor de pisar no território dos lunáticos, o medo de ficar doida. No entanto, é apenas doidinha, senhora, a sessão terminou, senhora.

Mais uma vez o filho do Pai mata a bola no peito e chuta em gol com mandinga.

uma filha de obá

Ao ver entrar a mulher com o filho, Edna pensou: "gente de Oxum..." Mas logo lhe ocorreu que poderia estar deixando levar-se pela roupa, colares e anéis vistosos da recém-chegada. Sorriu por dentro, lembrando-se das recriminações de sua avó, mãe de santo na Bahia: não deveria brincar de adivinhar o santo dos outros. Guiar-se só pelas aparências era brincadeira. E o assunto sempre foi sério, exclusivo de quem sabia mesmo olhar nos búzios.

Um olhador competente tinha revelado a Edna, quando criança, os princípios responsáveis por sua cabeça. Era filha de Obá, a deusa valorosa e forte, capaz de enfrentar divindades tão poderosas quanto Xangô e Ogum, porém facilmente enganada por Oxum. Em momentos importantes de sua vida sentira-se exatamente assim, valorosa e forte, capaz de grandes desafios. Por isto ficava atenta aos mitos, embora não fosse realmente feita no candomblé. Não vivia a tradição religiosa da família, mas a respeitava e gostava de jogar com pequenos saberes do culto, os ritos sedutores, as identidades míticas. Esse é de Xangô, aquela é de Oxum... brincava de adivinhar.

Jogos impróprios, diria sua avó, mas Edna sabia que ali em São Bernardo, zona industrial da Grande São Paulo, esses pequenos jogos com a liturgia dos negros lhe traziam de volta a família, lhe davam força. E isto é o que sempre busca uma filha de Obá, em especial se vive sozinha, de uma arte masculina, num espaço ainda não conquistado.

Força, sim, para os desafios. Obá, contava sua avó, desafiara Ogum para uma luta. À deusa pouco importava o título atribuído ao deus que empunha a espada — Abixogum, "aquele que nasceu guerreiro". Pouco importava: no combate é que se decide a guerra. Ogum aceitou o repto, mas, precavido, esfregou quiabo no chão, fazendo Obá escorregar no momento da luta. Aproveitando-se da vantagem, dominou a deusa e a possuiu.

Em São Bernardo, Edna não poderia permitir-se qualquer escorregão. Perigoso ali não era exatamente o quiabo, mas o relacionamento com clientes — os alunos e suas mães. Formada em Educação Física, vivendo de aulas particulares de capoeira, sua fonte de renda eram principalmente crianças. Lidar com elas e com as mães era terreno tão escorregadio quanto o da peleja mítica, sem a compensação do casamento com um deus.

Ela vinha se saindo bem. Tinha um número satisfatório de alunos, que incluía alguns adultos, moças e rapazes, mas as crianças faziam maioria. E naquela hora, quatro da tarde, começavam a chegar, subindo a escada, ao primeiro andar do prédio onde dava aula, num bairro de classe média. A Oxum que acabava de entrar na sala estava trazendo pela primeira vez o filho de dez anos. Como algumas outras mães, sentara-se numa das muitas cadeiras arrumadas ao longo da sala, disposta a assistir aos cânticos e movimentos ritmados dos pequenos capoeiristas.

Edna experimentava toques de berimbau, quando percebeu com o canto do olho a entrada na sala de um homem branco, alto e forte, de cerca de trinta anos de idade, vestido numa roupa de moletom azul e com tênis branco. Reconheceu imediatamente o tipo que já lhe lançara de passagem olhares devorantes, desses que atrevidões costumam dirigir a mulheres na rua.

Aos 28 anos, permanecia solteira por opção. Mesmo em traje de ginástica, camiseta e calça branca fechada por elástico nos tornozelos, chamava a atenção. Mulata, de rosto viçoso, corpo rijo e bem-conformado, sabia-se atraente e já conhecera vários homens. Não tinha nada de ingênua nem de militante feminista, mas detestava machões desabusados.

O visitante cabia na carapuça. Não lhe parecia exatamente feio, mas exibia a insolência de um garotão mal-educado. Além do mais, ela já ouvira dizer, era instrutor de jiu-jítsu numa academia daquele mesmo bairro.

Tudo deixava ver que o indivíduo não estava ali por mero seguimento da paquera de rua. A encrenca estampava-se no modo como entrou na sala, sem cumprimentar e com cara de treita.

Encostando o berimbau na parede, ela fez o de praxe:

— Pois não?

— Meu nome é Guga — disse o homem, o mesmo ar de malícia no rosto.

— Edna, o meu — rebateu, calma, de novo inquirindo:

— O que o senhor deseja?

— Bem, Edna — o tom era de franco deboche. — Eu decidi mostrar às senhoras presentes que perdem tempo e dinheiro colocando os filhos para aprender o que os crioulos chamam de luta. Você vai ter de me provar agora que isto não é embromação!

Surpresa, mas sempre calma:

— O senhor deve estar brincando, não? Mas eu não o conheço, e aqui é o meu lugar de trabalho.

— O problema é que estou falando sério, querida...

Em tom incisivo, ela deitou de si:

— Queira retirar-se, por favor! O senhor veio perturbar e desrespeitar as pessoas!

— Ora, ora... nervosinha... vai ver, está naqueles dias... — o deboche era acentuado por trejeitos das mãos. — Então, a capoeira não serve para nada?

— Aqui não é o lugar, nem esta é a hora, senhor! — chispou Edna. — Saia já!

A essa altura, segurando os filhos, algumas das mulheres começaram a protestar em voz alta contra a intromissão abusiva do estranho que se apresentara como Guga. Uma delas, precisamente a que estava indo ali pela primeira vez, advertiu em tom firme:

— O senhor está errado em invadir assim a casa alheia. Saia, como a professora pediu!

— Não se preocupe, madame, claro que vou sair... — respondeu, fingindo sinceridade. — Mas antes quero só um beijinho de despedida da professora. Afinal, mulher é para dar carinho, não para dar aulas de luta...

Guga achava-se frente a frente com Edna. Sem intervalo entre a fala e o ato, pôs-lhe as duas mãos nos ombros, girou-a violentamente, atravincou-lhe pelas costas os braços, aproximando o rosto da nuca agora vulnerável ao que ameaçava ser um beijo.

Aturdida, imobilizada, ela se odiou por ter se deixado agarrar daquela maneira. Tudo foi tão rápido, não tinha podido sequer antever a situação agressiva. E mesmo que tivesse, não era nenhuma lutadora profissional nem contava com a experiência de brigas de rua. Jogava excepcionalmente bem a capoeira, era forte, mas mulher, oriunda da pequena classe média. Detalhes importantes. Primeiro, porque mulher não cultiva desde criança, como o sexo oposto, o gosto por provas de força. Segundo, quanto mais ascende em classe social, menos capaz de lutar se torna.

Menina, Edna assistira de longe, na rua, à briga de uma prostituta com um homem fortíssimo. Depois de receber o primeiro soco, a mulher entrou sem medo na guarda de braços do agressor, acertou-lhe o ouvido com a mão em concha, esperou até que o outro, entontecido, fosse ao chão para quebrar seu nariz com o salto do sapato. É questão de traquejo, de pacto com o mal na hora de bater. Socialmente desclassificada, a puta está mais apta do que a mulher comum a quebrar narizes — e, com eles, o mito da fragilidade feminina.

Disso sabia Edna, mas sem experiência da pancada que fere, a consciência da porrada. Sabia também que na saga de valentia dos capoeiras não pontificava mulher. As de agora aprendiam o jogo mais pelo prazer estético dos gestos, pelo transe da velocidade e da dança, pelo orgulho investido na tradição corporal da gente negra.

De uma coisa, no entanto, tinha plena consciência: estava sendo alvo de uma agressão real. Aquele indivíduo vinha para desmoralizá-la e, quem sabe, arrebatar-lhe alunos. Ela ainda não havia propriamente apanhado, mas se achava em posição vexaminosa, mantida de costas para o agressor e de frente para os olhares atônitos e aflitos das mães das crianças. E ele agora sussurrava-lhe ao ouvido, com voz de tarado:

— A nuca é bonita, professora, mas esta bundinha é demais...

Mulher costuma receber mal os elogios à redondez do traseiro. Edna era exceção, ciente de que suas nádegas empinadas e firmes por efeito de muita ginástica eram harmônicas com o resto do corpo. Podia aceitar um cumprimento. Mas a fala daquele homem, roçando-se nela, ao mesmo tempo agressivo e visivelmente excitado, encheu-a de raiva e vontade de reagir. Sentiu que, embora os braços estivessem firmemente presos, a mão esquerda pendia próxima da pélvis do agressor. Abrindo os dedos em garra, tateou sob o pênis que se avantajara e, uma vez de posse dos testículos, apertou com força. O urro que se seguiu foi tanto de surpresa como de dor. Ele recuou por uma fração de segundo, curvando-se ligeiramente e, por instinto, tentando fechar as pernas para se proteger. Disso ela se aproveitou para soltar-se, virar o corpo de frente para ele e derrubá-lo com uma cabeçada no plexo.

Mas Guga arrastou-a consigo até o chão.

A queda foi lenta e, enquanto desabava, como se dançasse para baixo, Edna pôde pensar que o sucesso do golpe teria sido completo numa roda mais dura de capoeira, mas não numa briga de verdade. Se tivesse batido com a cabeça no queixo do oponente, num movimento rápido de baixo para cima, poderia ter acabado naquele instante com a refrega.

Por falta de experiência e maldade, perdeu a boa chance.

Nisso consistia a arte, ensinava ela aos adultos. Longe da onipotência técnica, capoeira devia ser a percepção sutil da falha na muralha do outro, a captura do átimo de um desequilíbrio, a reversão da força bruta pela sutileza.

Não era só a lição dos mestres, era toda a história dos descendentes de africanos. Penetrar na brecha: falando, trabalhando, cantando, dançando, lutando. Reverter. Esta, a palavra-chave, palavra de ordem. Mas como toda prosa, fácil de dizer, difícil de fazer.

Difícil, sim. Reverter a ordem das coisas é controlar o movimento, assunto de Exu, também pai da luta. Pensar como Exu é ir pra frente e pra trás, ser quente e frio, bom e mau, verdadeiro e falso. Capoeira? Ah, ah! Capoeira é bicho falso, reza a tradição. Cadê, Edna, o tiquinho de maldade, a pontinha da falsidade e do engano, cadê a comida para Exu? Bom começo o apertão entre as pernas do outro, certo, mas não o bastante pra acabar com a demanda.

Arrastada para o chão, ela experimentou a realidade da surra. Recebeu no rosto uma saraivada de tapas fortíssimos, antes de conseguir escorar com os dois pés a cintura do atacante e mantê-lo a uma distância parcial. Uma rápida olhada em torno revelou por que a escalada da agressão: a sala estava vazia, as mães haviam debandado com as crias — Obá jamais se deu bem com Oxum. Sem testemunhas, Guga ficava à vontade para despejar raiva.

Olho no olho, Edna percebeu o arrebatamento do estuprador em potencial. Aquele homem estava acostumado a bater em mulher — e gostava. No ímpeto com que arremessava o punho, na agitação de espírito que lhe marcava o rosto, havia o misto de sexo e violência de todo estuprador. De novo, veio a ela o ânimo da reação. Afrouxando um pouco a pressão do pé direito, que junto com o esquerdo empurrava quadril e cintura, projetou-se de surpresa para a frente, atingindo com o calcanhar o pescoço do outro.

Num indivíduo muito forte, pancada mediana pode apenas levá-lo a precaver-se e tornar ainda mais difícil a situação do adversário. Foi o que se deu com Guga. Absorvendo o impacto, mas prevenido quanto a novos chutes, forçou para o lado os pés que o afastavam e, num salto, montou sobre o estômago de Edna. Momento de glória para um praticante de luta agarrada, quem fica por baixo é alvo fácil de socos e chaves de braço. E ele logo encaixou uma dessas no braço mais vulnerável. Braço e antebraço esquerdos colhidos numa férrea alavanca, o direito colado ao chão pelo joelho do adversário, Edna sentiu que havia perdido a luta, tudo o que lhe restava era dar com a mão livre três pancadinhas no chão, o humilhante código da rendição.

Nesse instante, viu o sorriso de triunfo e deboche do desafeto. Alma e corpo, juntos, se disseram que esse era precisamente o estatuto de Guga: não o adversário num jogo viril, e sim o desafeto, o inimigo que viera caçá-la em seu próprio território. Então, reconvocou o espírito para não sucumbir. Concentrou-se, reuniu todas as forças no braço, que conseguiu fazer deslizar alguns centímetros para retirar a articulação da alavanca penosa.

Encaixado, embora sem causar a mesma dor insuportável de antes, o golpe passava agora a apertar o meio do antebraço. Assim ela poderia resistir mais algum tempo. Consciente de que a luta tinha chegado a um limite, decidiu que não entregaria os pontos. Ponto de viragem, lembrou-se, era como seu velho professor de Química chamava o momento em que uma substância se transforma. Nas pessoas, devia ser o instante em que não há mais retorno, em que se vê de frente o destino. Edna acabava de passar por aí, não se sentia a mesma de antes, súbito convicta de que iria até o fim. Aquele indivíduo estava treinando para embates de ginásio, ela resolveu que o levaria muito além.

— Como é que é, gostosa, desiste? — perguntou ele, arquejante, tentando o gracejo: — Bem que eu preferia estar fazendo outra coisa...

Calada, ela mantinha o braço na defensiva, sentindo o constrangimento poderoso dos músculos do outro, mas também que era capaz de sustentar essa posição. Havia atravessado um limiar, a viragem, agora era outra, corpo e cabeça plenos de Obá, quem sabe. Já estava no chão, pelo menos não poderia mais escorregar em quiabo.

— Cadê a capoeira, crioula? — Guga insistia, zombeteiro, porém cada vez mais ofegante, uma certa indecisão transparente na voz.

Edna sabia que falar era esbanjar forças, mas o impulso da resposta foi automático:

— Tá jogando com a morte, camará.

— Sapatão! Sapatona histérica! — foi tudo o que ele conseguiu dizer, agora visivelmente nervoso, descontrolado.

Precisamente nesse instante, fenda aberta pela hesitação do outro, ela liberou com um puxão o braço direito, levantou a mão e enfiou com força os dedos indicador e mediano nos olhos de Guga. A dor, um susto: aproveitando, ela soltou da alavanca o braço esquerdo, pôs-se rapidamente de cócoras e dali mesmo voou de cabeça contra o rosto do outro.

Cabeça é a parte mais dura do corpo, reza a lenda do jogo. Cabeçada bem dada, sabe todo capoeirista, pode ser fatal. Não era bem este o caso ali, mas claro ficou que o garotão não teria mais o belo nariz de antes, agora amassado e ensanguentado. Grogue, não viu sequer chegar, desta vez na boca, a segunda cabeçada, que lhe amoleceu vários dentes frontais. Mesmo atordoado, reuniu forças para atravessar correndo a sala e, vendo bloqueado o caminho de fuga pela escada, saltou da janela do primeiro andar para a rua. Aos pulos, Edna ganhou os degraus rumo abaixo e perseguiu o desafeto até o botequim em frente, até atrás do balcão. A esta altura, porém, eram muitos os homens para contê-la e resgatar Guga, coberto de sangue e pavor.

— Filho de uma puta!

A imprecação lhe escapou dos lábios, baixinho, quase num sussurro, como se fosse uma avaliação técnica. Atravessando a rua de volta ao prédio, ela mal olhou para a pequena multidão formada, mas entreouviu o comentário:

— É o professor de jiu-jítsu... Apanhou de mulher!

No meio da manhã seguinte, foi visitada por um detetive do distrito policial do bairro. Era um homem de menos de trinta anos, que a inspecionou com olhar de divertida curiosidade, antes de entregar uma intimação. Guga prestara queixa de lesões corporais.

Edna reprimiu um sorriso. O machão espertamente antecipava-se a qualquer iniciativa dela nesse sentido, mas isso era também, aos olhos de outros machões do bairro, um pedido implícito de proteção: ele não voltaria a incomodar. Chato seria comparecer à delegacia, um constrangimento a mais. Por sorte havia testemunhas, e lhe veio à cabeça em especial a mãe do aluno novo, a única que interpelara com alguma energia o provocador. Falaria com ela.

Sim, queira o deus supremo, Oxum pela primeira vez ajudará Obá.

o cágado na cartola

— João Changue!

Alguém gritou a distância. Mesmo sem ainda identificar o visitante, ele sabe, pelo jeito como o chamaram, que se trata de trabalho na cidade. Ainda bem. O mar não tinha sido generoso. Durante a noite e a madrugada, João labutara a bordo de uma pequena catraia a motor, mas na rede não ficou mais do que um punhado de tainhas e siris imprestáveis.

Está porém, habituado. Aos cinquenta anos de idade, a maior parte vivida na pesca em Magé, ele conhece bem os caprichos da água. O resultado deste dia dará apenas para alimentar por pouco tempo a mulher e os três filhos menores. Nada sobrou para vender à peixaria. Dinheiro, João terá de conseguir em terra.

— Changue!

De perto, reconhece Torres, o dono da padaria. Acentuar o "Changue" já basta para lembrá-lo de um compromisso de trabalho. Souza é o verdadeiro nome de João.

Changue é o que lhe acrescentaram desde muitos anos atrás, quando um mágico chinês de nome parecido fez sucesso na cidade. João costumava animar festa de criança como mágico amador, daí o apelido, mais frequente entre clientes ou pessoas da cidade do que entre os colegas de pescaria, embora lhe seja indiferente a alcunha.

— Não vá se esquecer, João Changue, cinco horas em ponto!

Torres é o cliente de hoje. Desde a semana passada havia acertado com ele a animação da festinha de aniversário de um de seus filhos. Sabe que de modo geral aquela raça do comércio, metido à besta, não gosta de preto fazendo artes nas suas casas. Mas também sabe o que procuram por bons motivos. Primeiro, aceita dinheiro pouco. Depois, não bebe, é cuidadoso com as crianças e sempre as deixa fascinadas com suas proezas.

João tem fama de ser pontual e por isto estranha que o comerciante tenha feito uma boa caminhada só para lembrá-lo de um compromisso.

— Não falho com ninguém, seu Torres — diz em tom levemente debicado. — O senhor não precisava se dar ao trabalho de vir até a praia...

— Eu sei, eu sei, João! — apressa-se a responder o dono da padaria, em tom conciliador. — É que hoje vai ser muito especial, eu queria que você soubesse...

— Especial, seu Torres?

— Bem... — começou o outro, animado, com um olhar avaliador — vai estar presente à festa um mágico profissional do Rio de Janeiro, pai de uma das crianças convidadas. Veja quanta honra, senhor Changue, um profissional vem bater palmas em seu espetáculo!

João não se mostra nem um pouco envaidecido com a informação. Repuxa um pouco os lábios como se fosse fazer um muxoxo, mas decide-se por um meio-sorriso e provocação esperta:

— Então, acho que vou ganhar alguma coisa mais...

O comerciante esboça um sorriso amarelo, mas não se dá por achado e, enquanto se despede, insiste:

— É uma honra para você, João Changue, o homem é famoso!

A caminho de casa, João reflete sobre o que acaba de se passar. Para ele, tanto faz que alguém de fama possa assistir às "artes", como costumava chamar suas habilidades de mágico amador. E nem gosta de estardalhaço em torno do assunto, porque no fundo não gosta muito dessa sua atividade. Forte em sua vida é a atração pela pesca, apesar das inconstâncias do mar, dos estragos causados pela poluição e da concorrência dos grandes barcos, predadores bem aparelhados. Divertir crianças ou adultos em festinhas não é coisa que combine com o potencial de seus músculos nem com o gosto pelo rechego na mata ou pelo silêncio das madrugadas no mar.

Mas tem de render-se à evidência da renda: as festinhas às vezes compensam mais do que as águas. O que não admite é ficar se explicando sobre as habilidades. Não frequentou escolinha de mágicos nenhuma, não senhor, o que faz é coisa sua, natural, fruto do que chama de esperteza. Quem quiser aprender, que se vire, como ele.

Assim lhe disse para responder, muito tempo atrás, a sua Tia Carmita, com quem, mesmo morta, tem dívida eterna. A mãe de João havia morrido cedo. Tia Carmita assumira o lugar quando ele tinha só oito anos e, até falecer de um ataque do coração, cuidou dele como se fosse o mais querido dos filhos. Tinha cinco, com mais de um marido. Mas era como se tivesse dezenas, por ser zeladora de orixá. Nas zonas humildes da cidade, nos arredores, até mesmo em lugares mais distantes, muitos ainda se dizem filhos de santo da Tia Carmita.

Carmita de Ossanim. Assim denominava-se, por ter de frente, na cabeça, a divindade das folhas, dos feitiços e curas com ervas — ganhava a vida como curandeira. O mais comum é que os cavalos desse deus sejam do sexo masculino, porém Carmita tinha força, ainda por cima atribuída a João esse mesmo orixá. E por aí explicava as esquisitices do menino, seu comportamento sonhador na adolescência e a independência cada vez maior, já adulto. Mas principalmente foi ela quem mostrou como ele poderia ganhar dinheiro extra com seu talento de mágico.

À tia, ele deve isto e o amor que recebeu na infância.

Por isso, mesmo arredio à religião, João guarda num quarto separado os objetos sacros de Carmita, cumpre os ritos que ela lhe ensinou, dá de comer ao santo. Mas este é assunto exclusivo: a mulher e os filhos não participam, nem ele quer. O culto é seu segredo, Ossanim é o elo com a Tia.

De retorno a casa, peixe frito e uma sesta. No meio da tarde, em frente a um pequeno espelho, prepara-se para o espetáculo. Não foi jamais um tipo bonito: rosto castigado por sol e vento, uma barbela que despenca queixo abaixo, as pernas muito arqueadas. Mas é esguio de tronco e forte de braços. Vestido a caráter, impressiona melhor — calça e camisa brancas, capa verde com contas brancas sobre os ombros e uma velha cartola preta na mão. O peito estufado e a voz empostada desafiam a timidez.

E não há mesmo nenhum sinal de acanhamento quando, pouco antes das cinco horas, ele aperta a campainha na casa do comerciante. Cônscio de seu papel, João o cumpre à risca: é o mágico João Changue em plena função de entretenimento das crianças. Há, claro, um punhado de adultos, entre eles o profissional anunciado pelo dono da casa.

Em meio à algazarra das crianças, puxado com entusiasmo pela esposa do comerciante, João é levado à presença do colega de renome, que ostenta o rótulo artístico de "Mister Mistério". Título afamado, já figurou nos letreiros luminosos de teatros e casas de espetáculos de vários países, também dá nome a um curso de formação de ilusionistas. Antes mesmo de olhar para João, ele se dirige aos presentes, explicando que é o representante brasileiro de uma comissão internacional destinada a restaurar o prestígio da profissão de ilusionista. Grandes danos haviam sido causados por um traidor da classe, um inescrupuloso mágico de palco norte-americano, que revelou em programas de televisão os segredos dos truques principais. No momento, a classe buscava aprimorar as técnicas, criar novos artifícios e, principalmente, encorajar os amadores, instruindo-os, corrigindo-os. Mister Mistério não veio à casa do amigo Torres a trabalho, mas aproveitaria para avaliar os recursos de um amador local.

Visivelmente satisfeito com seu próprio discurso e com os olhares de respeitoso reconhecimento por parte do pequeno público, Mister Mistério volta-se agora para João, examinando-o longamente, com ar de perito.

— Pode me chamar de Lopes, é meu nome de batismo — diz enfim o profissional à guisa de cumprimento e, com uma piscadela cúmplice para a dona de casa: — Afinal, somos colegas...

João Changue fica encabulado, torna-se súbito desconfortável seu traje de amador frente a um ás da grande cidade. Balbucia:

— Quem sou eu... Quem sou eu...

Mister Mistério não pretende, entretanto, deixá-lo pouco à vontade. Já assinalou, com condescendência, a diferença entre o profissional dos palcos e a personagem local. Agora é só ser cordial e simpático:

— Nada disso, meu caro, nada disso! Disseram-me que você é mesmo bom! Onde está seu equipamento?

Ainda meio sem jeito, João aponta com o olhar para a cartola preta, segura pela aba na mão direita.

— Ah bom, muito bem! — diz Lopes, sorrindo de modo encorajador. — Pelo que vejo, teremos um belo número com coelhos e pombos!

Mas a bonomia não consegue fazer com que o profissional da ilusão esconda inteiramente a sua surpresa com a evidente precariedade de recursos do outro. Certo, há os truques das moedas, das cartas, mas tudo isto depende de velocidade nas mãos, os dedos têm de estar finamente preparados para ser mais rápidos que os olhos do público, e a experiência de Mister Mistério lhe diz que dificilmente as manoplas calejadas desse pescador poderiam realizar proezas de prestidigitação. Além disso, sem o apoio de uma cortina, de um fundo protegido, como tirar coelhos e pombos de uma cartola?

João não se mostra preocupado, apenas um tanto intimidado pela presença muito valorizada do outro. Ainda assim deixa claro que está ali para cumprir uma obrigação, não é homem de deixar de fazer o que deve. Diz tudo isto sem falar, simplesmente levantando um pouco a cartola, exibindo-a, ao mesmo tempo em que franze as sobrancelhas. Há um sutil desafio em sua atitude, percebido e acolhido pelo visitante:

— Vamos lá então, João Changue, mostre o que sabe fazer!

O espetáculo deve começar ali mesmo, naquele instante, é o que fica evidente para João. Não é exatamente o que ele pretendia, porque as crianças ainda estão dispersas, ele próprio não teve tempo para se ajeitar num lugar mais confortável. Acha-se no meio da sala de visitas, cercado de adultos curiosos e de olhares entre o simpático e o irônico, sob a batuta de Mister Mistério. Não aprecia o rumo das coisas, mas o fato é que está sendo pago para divertir pessoas, tenham a idade que tiverem. Além disso, algumas crianças começam a chegar à roda já formada, arrebanhadas pelas mães. Decidido, ele apresenta a si mesmo, na terceira pessoa:

— Senhoras e senhores... João Changue!

Alguns caramelos caem do teto sobre as cabeças das crianças, que se precipitam para agarrá-los. Da cadeira onde agora está sentado, ladeado pelos donos da casa, Lopes consegue examinar uma das balas, verifica que se trata de um produto comum e barato, vendido por camelôs nas esquinas. Satisfeito, comenta para Torres:

— Bom! Este truque eu não conheço! Não o vi sequer mexer os braços para lançar as balas!

— Mas ele não se mexeu mesmo, Lopes! — observa Torres, com o ar de quem espera uma explicação técnica.

Sorrindo afetadamente, o profissional responde em tom pausado e pedagógico:

— Um truque desses comporta três possibilidades: ou o ilusionista se movimenta de modo tão rápido que ninguém percebe, ou preparou com antecipação um dispositivo qualquer no ambiente, ou então tem auxiliar disfarçado.

— Só pode ser a primeira hipótese — diz o comerciante, convicto —, pois aqui em casa ele não esteve antes, e auxiliar não tem mesmo!

Lopes deixa de comentar a resposta de Torres, porque nesse instante João Changue está começando a tirar moedas dos bolsos e dos narizes das crianças. O alarido é amplo e feliz, há muito riso.

— Ele é ótimo para as crianças — frisa a dona da casa.

— Para gente grande também — acrescenta o marido, pedindo com os olhos a concordância do profissional, mas fazendo ao mesmo tempo uma pequena provocação —, porque eu não consigo sequer imaginar como ele faz...

A frase é interrompida por um gesto de Lopes que, assumindo por instantes a identidade de Mister Mistério, tira uma moeda do nariz do comerciante. Ante o ar de surpresa, sorri e precisa:

— A mão é mais veloz que o olho, Torres!

O prestidigitador foi rápido e discreto, ninguém chegou a perceber o que se deu, não é sua intenção atrapalhar o número do colega amador. João havia se afastado do centro da roda para incluir na brincadeira algumas crianças que ficaram de fora, no jardim. Agora, todos o cercam, divertidas com suas pequenas proezas e com seu jeito afável. De volta ao centro da roda, ciente das atenções gerais e do escrutínio particular do profissional da cidade, João levanta a cartola com a mão esquerda, com a direita começa a retirar algo lá de dentro, anunciando:

— Senhoras e senhores, vamos saudar as criaturas de Deus!

E todos veem sair da cartola preta um galo avermelhado. Parece de início assustado, mas não se debate quando

João o amarra com um barbante a uma perna da cadeira. Todos veem igualmente que a cartola está agora vazia, porque João não se importou de mostrá-la nem se furtou à inspeção que Lopes, com ar sorridente, como se fosse esse o procedimento mais natural do mundo, realizou na cartola e nas roupas do colega.

Novamente de posse da cartola, João Changue retira lá de dentro um cágado. Colocado no chão, o bicho caminha ligeiro na direção das crianças, que saem da frente, entre assustadas e divertidas. O galo canta uma vez, provocando risos.

Estimulado, João começa a extrair da cartola folhas e flores para lançá-las a seu público. Um aroma silvestre toma conta da sala, como se do teto estivesse sendo borrifada sobre as cabeças uma grande quantidade de perfume. O dono do espetáculo sorri, envaidecido, satisfeito com os aplausos de crianças e adultos.

Mister Mistério também aplaude. Mecanicamente, porém: está intrigado com o fracasso em seu exame das técnicas do colega amador. Sente-se um espectador tão comum quanto Torres, pois até o momento não conseguia sequer imaginar como os animais puderam sair daquela cartola. E depois, todas aquelas flores, aquele perfume... Bem, claro que ele próprio faria tudo aquilo, e mais, se tivesse os equipamentos adequados, o apoio de comparsas. A questão é que o colega amador só dispõe da cartola... Não há dúvida, aquele amador é bom de fato, e o profissional tem a honestidade de admitir ao comerciante:

— Chega a ser embaraçoso para mim, mas não tenho a menor ideia sobre os truques dele. É tudo simplesmente incompreensível...

— Não lhe disse? Não lhe garanti? — Interrompe Torres, entusiasmado. — João Changue poderia ter ido longe, se quisesse. Na cidade grande, estudando com alguém como você, desenvolveria truques fantásticos. Já imaginou este homem com técnicos e equipamentos? Mas você sabe como é... isto aqui é a roça, João mal sabe assinar o nome...

O profissional assente com a cabeça, sem muita convicção. Tudo ali o intriga, sem que saiba determinar exatamente porquê. Não acha impossível que um amador seja capaz de realizar truques desconhecidos por um profissional. Mas a experiência lhe diz que o galo, o cágado e as plantas não poderiam ter saído da roupa do homem nem de um fundo duplo da cartola, porque a examinou bem e viu que não tinha nenhum recurso desse gênero. Teria de pensar muito sobre o que acabara de assistir...

— Queira desculpar qualquer coisa, doutor... — João Changue está se despedindo, aperta a mão de Lopes. — É coisa de roça, mas diverte os meninos...

Recompondo-se do aturdimento, o profissional confessa ao amador que gostou muito do espetáculo, que espera vê-lo de novo. E reassume a pose de Mister Mistério.

— Só acho que coelhos e pombos sejam mais adequados, sejam mais maleáveis aos equipamentos e à manipulação — diz Lopes, professoral. — É o que costumamos usar nos teatros!

João ouve com atenção, agradece o conselho e, já com o pagamento no bolso, toma o caminho de casa. Passará antes pelo armazém, para saldar dívidas. Na rua, longe da casa do comerciante, solta os animais: não lhe pertencem, não os quer. Sorri ao pensar na perturbação do mágico da cidade grande.

Sim, percebeu o espanto do outro. Na verdade, bem menor do que o experimentado por ele próprio, sempre, desde que se soube capaz de fazer essas coisas. Não sabe como nem por que, elas acontecem na hora certa, e pronto. Faz como mandou Tia Carmita, não é bobo de contar a ninguém que nada daquilo é truque, porque aí vai embora a graça do espetáculo, perde-se a companhia das crianças, o dinheirinho... É preciso seguir as regras do jogo, manter as aparências.

Só não vai poder nunca é seguir o conselho de Mister Mistério quanto a coelhos e pombos, que galo e cágado, João Souza sabe muito bem, são bichos do mistério de Ossanim. De qualquer jeito, virão.

espelho

Felipão está voltando do pagode.

Felipe Alvarenga dos Santos. Mas o conhecem pelo aumentativo. Especialmente os colegas da delegacia, onde tem fama de mão rápida, pé rápido, gatilho tanto quanto. Mais: a embalagem de um metro e oitenta de músculos que desconhece estoque em riste ou fuga perfeita. Ele mesmo se define:

— Sou negro de busca.

Agora volta do pagode. Trabalho só amanhã, mas de manhã bem cedo, que não é de refugar serviço. Desde menino, é clara a vocação, uma felicidade grande para encontrar rimas raras, pessoas e coisas. Maior ainda pra achar seu próprio ponto de equilíbrio na briga — capoeira digno de fé. De maneira e tal, juntando os acertos, terminou na polícia, onde tem vivido contente, recebido atenções. Agora mesmo volta de um pagode, onde muita gente lhe fez festa.

Nem sempre foi assim. Quando usava uniforme de guarda, os vizinhos olhavam de banda. No morro, só não lhe cuspiam em cima por receio do peso da resposta. Esmerar-se no samba, dourar bastante a rima — nada evitava aquele tanto de desprezo passado nos olhares, nas conversas. Descobriu que o problema era a farda e não a pessoa quando foi promovido a Buscas e Capturas. Na opinião de todos, tinha subido na vida, jogado fora aquela roupa de

coisa ruim. Passava a negro caçador — de branco, inclusive. Hoje todo mundo está de acordo:

— É um negro de busca.

De tudo. Felipão é capaz de buscar homens, objetos, versos, sons. Há pouco, improvisando samba no quintal de Zé da Velha, achou uma segunda parte de rima perfeita, em que se encaixava uma louvação à cerveja e coisas fritas. Pontuando o verso, metia na boca o dedo indicador, puxando logo depois como se arrancasse a cabeça de um camarão. Inspiração de mestre, todo mundo gostou, algo pra se repetir em ocasião de alegria.

Agora, entretanto, volta do pagode. Foi-se o canto, a camaradagem, a festa, é preciso tornar a vestir a pele de capitão do mato. Não é isto mesmo que o pessoal espera? Foi assim que subiu na vida, ganhou respeito. O temor, tanto amor — temê-lo é amá-lo. Ele se sabe bom no samba, que por isso é aceito nas rodas, mas não pode deixar de saber que há algo mais, um leve tremor no outro que acaba de conhecer ou no velho conhecido com quem discute exaltado. Não seria pra menos, um negro de busca.

Nada disso desgosta Felipão. Não se sente bom nem mau, apenas um negro que o destino absorveu para a Busca. Mas sabe que é importante a pinta de brabo, uma visagem que assombre a oposição, que o justifique no trabalho e conforte os amigos mais fracos.

Por isso, agora, na volta do pagode, retoma a pele de caçador: olhos se estreitam, beiço avoluma-se, corpo avança como a nadar sem bater os braços. Tarde da noite, zona comercial do subúrbio, ninguém na rua a essa hora, mas ainda assim ele faz cena de papão. Costume é costume, melhor não esfriar o músculo da cara.

Na virada da esquina, entrevê a carranca, que o espia, de um negro forte. Tiro tem cor? Não. Que negão é este? A mão cai pronta sobre a arma, mas logo se imobiliza, relaxada, no gesto. O caçador tinha visto a si mesmo no espelho da vitrina.

É, tem-lhe acontecido: olha o espelho e vê outro, vê Zumbi. Isto assusta Felipão. Do que sabe, bem sabido, não é coisa suave avistar Zumbi em madrugada deserta. À noite, todos os pardos são tigres. Sente, ressentido, que seu duplo tem leis perigosas de caça — e, na selva das ruas, já não distingue a si mesmo do outro.

Ainda assim, é preciso ir à luta. Felipão confere no reflexo a ligadura de ouro no dente e retoma o passo. Um homem de busca que volta do pagode.

um *blues* em cabemol

Noites de agosto.

O salão não promete grande coisa: dois casais rolando na pista, os cavalheiros sentados em mesas encardidas, o traçado à frente, a mulher de lamê ao lado, pedidos de mais uma bebida. Rumba Dancing — em dia sem brilho.

Assim mesmo Manuelzinho Cabemol faz pose, abaixa o microfone, ajeita o tamborete, sinaliza a Josemar da guitarra, a Zito do trombone, a Elói do sax. É *crooner*, vai cantar.

Será o de sempre, um troço rebuscado em língua de gringo, que distrai as mulheres, que costuma divertir muito o jornalista de fim de noite, aboletado num banquinho ao fundo. Versos assim ô maiuomã/ô maiguél, arrematados por um esquete frenético cheio de biguelô-bacalumesuiquibói. E dá-lhe Manuelzinho! O sobrenome é artístico, data do dia em que ele, querendo impressionar, avisou aos músicos que iria cantar em *cá-bemol*. Foi inevitável o apelido.

Agora instalado no tamborete, Manuelzinho Cabemol está olhando fixamente para a frente. Josemar dá mostras de não entender: já fez as firulas habituais em dó maior e nada de cantor. Continua encarando ora os colegas, ora a plateia, sem um ruído sequer. O sax comenta para o trombone, que parece santo baixado, que Manuelzinho tem cabeça feita, coisa e tal, a família de Manuelzinho.

Coisa e tal. Os mais próximos sabem que a mãe dele, aquela senhora muito gorda, mestra em quitutes, às vezes recebe santo em pleno trabalho e fica assim horas e horas à espera que alguém de terreiro venha acomodar-lhe o transe.

Mas esta espera não é tanta, afinal, ele acaba de dar sinal de vida. Os olhos estão avermelhados, os gestos livres da pose, um não sei quê de diferente. Começa a cantar: "Just for a thrill/you turned the sunshine to rain..."

Ai, meu Deus, está diferente mesmo. O jornalista se mexe no assento, há quem estranhe o tom de voz, há quem se arrepie. Josemar, por exemplo, sente que é preciso apelar para bemóis e sustenidos se quiser casar o violão com Manuelzinho.

Just for a thrill...

A voz do homem é outra, rouquenha, de dolência nunca ouvida ali. Elói improvisa um contracanto no sax e parece entusiasmado com a ousadia. Zito sorri, suaviza o ataque do trombone.

You filled my heart with pain... Pêe-en eeen!

Ninguém dança mais, todo mundo escuta, todos ouviram o final do verso, quando o homem jogou a voz lá embaixo, como faz um cavalheiro com a dama na pista, levantando-a depois sem muita pressa, devagarinho — um encantamento.

Pausa de segundos: semibreve. O canto da guitarra costura o vazio.

To me you are my private joy/ But to you I was merely a toy.../ Odoiá, minha mãe, axé! Parece coisa de Iemanjá que, parece, é santo do Manuelzinho. Olha só... bole lentamente a cabeça, como se afastasse do rosto invisíveis fios de cabelo. Ai, ai, ai... nhém, nhém, nhém... Mas a voz... a voz é de macho, sim — gringo ainda por cima. O jornalista, de olhos esbugalhados, lá no fundo da sala: "é inglês de crioulo americano".

A playin' thing/that you could boss around and wheel...

Sim, é verdade, como se soube depois, que nessa mesma hora dessa noite de agosto morria Otis Redding, o grande cantor de *blues*. Mas isto bem longe, sobre o Pacífico, em desastre de avião. Foi o jornalista o único a fazer uma ligação entre um fato e outro. Muito bem, e daí? Manuelzinho jamais ouvira falar de Redding, tudo que sabia e sabe é entrar no ritmo, inventar sons, brincando de gringo, ou então desenhar círculos com passinhos em torno da dama no meio da pista. Isto sabe, sim. Mas o que sente é muito mais, é da ordem do que não se sabe nem se diz. Sente, assim, sem que precisasse ouvir de ninguém; que a força existe, que fronteira não há para a força, axé! Sente, sim, às vezes sente que não dá conta de si mesmo, que Manuelzinho não é só Manuelzinho, que pode ser outro, que até pedra pode ser, se der no gozo, quanto mais um gringo cantador, como quer o rapaz do jornal. *Blues*? O que é isso? Quem pergunta não vai saber nunca? Manuelzinho jamais perguntou, também jamais tinha cantado nenhum em sua vida. Agora faz amor com a voz, prende a vida num grito.

Manuelzinho Cabemol está cantando um *blues*.

satã

Coisa linda no mundo é dançar para Ogum. O braço vira espada, remexe o ar, corpo não se sente, o pé é passarinho ganhando voo. Isso sei dos outros quando vejo dançar, eu mesmo não me vejo, não me sei. Mas dizem: meu Ogum é beleza, igual tem poucos. Quisera eu me olhar, não posso, sinto só: primeiro um cheiro forte de dendê, depois a terra se abrindo, uma tontura gostosa, nada mais. Nada mais, nada mais, tudo — a admiração do povo, Ogum pra cá, pra lá, esses prazeres.

Coisa bonita também é esse moço aí na frente. Alto e forte, ombro largo, como eu gosto. Vou chegando assim como quem não quer nada, dengoso, e jogo o olhar mais doce. Ele primeiro me olha de viés — desconfiado ou interessado? — depois dá as costas. Hum hum hum nhém nhém nhém. Importância não, é assim mesmo, água mole em pedra dura.

Às vezes sou pedra só, quem manda, sou de Exu também. Na vera sou mesmo de Exu, mas nunca pude fazer a cabeça pro dito, descambei pra Ogum, como reza a lei. Tenho alma pros dois. Gosto de marcar cara de homem a ferro. A ferro, se o caso é guerra. Sou dono da faca, cobra de pés e mãos. Mas se Exu dá sinal, o que se há de. Posso então ser qualquer coisa, posso ser o que der, o que vier, pedra ou água, me mover sem fim.

Ainda agora vi o sinal. Ali nos olhos do moço, ponta de pau em brasa, tição que me esquenta a vista. Como o olho da cobra que vi quando menino, no meio da mata. Falava-se dela, que aparecia numa loca, que era encantada, de modo que a turma evitava o lugar. Isso me dava uma cisma, uma cisma que já era uma agonia. Um dia fiquei de tocaia, esperando horas, até que apareceu. Grande e esquisita, a serpente. Metade já fora do buraco, estacou de repente, jogou pra cima de mim aquele olharzinho molhado e lá ficou parada. Talvez que fosse dar bote, cuspir veneno, malvadeza e tal, mas não teve tempo, não teve vez, não teve nada. Eu vi no olho o sinal (Exu também é pai da luta, sim), pulei pra frente, segurei a bicha no gogó e matei a dente. Assim, assim, não sei o que me deu, se foi santo bruto, se foi faniquito, não quero saber. Não me toca dar luz ao invisível.

De lá pra cá, raspei cabeça, renasci, cresci. Demais, até. Há quem me olhe com medo o tamanho, quem já me tenha visto cair nas molas que nem mané-gostoso. O fato: mudei muito, criei fama nas rodas de guerra, tenho dado em valente. Mas nunca mudou em mim a força da horinha em que o brilho no olho da venenosa me tomou. O brilho me faz sinal no fio da lâmina, me guia a mão. Passeia nos metais de que gosto e me enfeito. E fica também nos olhos da gente como esse moço aí em frente. Nhém nhém nhém, coisa bonita.

Assim, assim, eu vou chegando, encostando, me derretendo todo, ensaiando um toquezinho, bandeira de minha intenção. Houve um tempo (tempo mais novo, de mais recato) em que eu entrava em cinema barato, capa de chuva na mão e, no escurinho, me sentava ao lado do eleito. Aí, então, era só esperar o momento certo pra jogar a capa no colo dele e trabalhar com a mão por baixo. Sempre havia quem reagisse, sim, mas então era importante o olhar, o olho da cobra que voltava, pra segurar a presa. É na sombra que o olho pega, que eu sou mais eu.

Difícil é encarar no claro, como faço depois que a vergonha bateu asa. Há quem se meta a besta, quem deseje coisa pesada, assim e assado. Houve o lourão, que resolveu responder com bofetada. A consequência se conhece, entrou pro registro da malandragem ou da valentia, como se queira.

Era polícia especial, desses que machucam os outros com toda a suficiência deste mundo, e veio certo de que ia fazer bonito pros amigos. Ficou na intenção. Mas não vou dizer que foi assunto de tratamento fácil, de simplesmente soltar a cobra, porque não foi. Coisa de doido, coisa de alucinado, isso sim, pois o frege começou no final de uma tarde e já noite firme ainda não tinha terminado. Ninguém queria apartar, a notícia da briga se espalhando no bairro, a multidão formada, e o pau comendo. Ódio, ódio eu não sentia, que não sou de mágoas profundas, mas tinha vontade de bater. Assim: vontade pura de enfiar a mão na cara do outro, enquanto me vinham à cabeça umas cismas de menino.

É, sim, quando eu era pequeno me impressionava muito a história de uma briga de Besouro, que um tio meu gostava de contar. Foi em Santo Amaro, dizia ele, numa tarde em que Besouro zanzava na beira do rio. Passava o vendedor de pirulito — um crioulo enorme, muito forte, mas que adorava pegar o pirulito na pontinha do dedo, entregá-lo com delicadeza ao freguês e embolsar alguns tostões. Besouro viu e não gostou: “Vosmecê não tem

vergonha de, forte assim, bom pra estiva, fazer trabalho de menino?" E sem mais nem menos foi agarrando os pirulitos e jogando no rio. Mas aí o tempo mudou de cor, porque o vendedor ficou zarolho, começou a babar e avançou como boi chifrador pra cima de Besouro. Não encontrou ninguém, claro, que o mestre já estava por baixo, puxando na rasteira. E foi assim daí em diante, queda por cima de queda, tapa atrás de pernada, só que o homem não desistia, avançava sempre. É certo que Besouro estava se divertindo, sem recursos mais pesados como cabeçada braba ou lâmina amarrada no dedo do pé, mas o fato é que o outro aguentou horas, só caiu quando já estava quase morto de cansaço. Dizem que o corpo se curou rápido da surra, mas que a alma faleceu, pois nunca mais se viu vendedor de pirulito na beira do rio.

De menino até hoje, nunca tomei partido nessa história. Ora tenho pena do vendedor, e então sinto raiva de Besouro, sinto raiva dessas machezas, incapazes de ver que pirulito é coisa tão mimosa de se vender. Ora bato palmas pra Besouro, um deus da perna, um irmão do vento. No jogo eu sempre quis ser Besouro, mas, na vida, o vendedor de pirulito, tão possante, tão delicado. Tem hora que sou um, hora que sou outro, mas, ainda assim, quando sou, o outro fica de olho, como a cobra, como Exu, como Ogum, qualquer qualidade de força, querendo me pegar por dentro. E às vezes pega mesmo, é quando eu não me conheço, não conheço ninguém, vivo do que manda o outro. Na briga com o lourão, eu fui Besouro até o final, quando ele já não podia mais, e tirei-lhe as calças junto com o resto da moral. Mas, no finalzinho mesmo, fui o vendedor de pirulito, com raiva daquele Besouro machão, e aí desenhei

uma cobrinha na cara dele, a navalha. Depois desmunhequei, requebrei, xinguei — a multidão quieta, calada, me espiando ir embora. Ficar pra quê?

Nhém nhém nhém, coisa bonita, esse moço. Pode até se arrepiar, zangar, mas a atenção dele já é minha. O povo do bar já percebeu, mas não me importo. Ouvi dizerem baixinho "olha ali a jogada da madame". Verdade, nada disso me incomoda, gosto até. Gosto ainda mais quando reconhecem, no sussurro, o nome todo — madame, sim, Madame Satã.

cantiga pra ninar jegue

A gente se veste com toda a finura para ir escutar uma música que, todo mundo diz, é elevada, é clássica, é o fino. Mas sente logo de saída que o tom vai ser grosso, que festa amorosa não combina com aquele pessoal mal-encarado, fechado demais. Não, senhor. Eu não esperava, mas daquilo ali só podia sair peleja, como em forró de pouca luz.

E não é que é isso mesmo? Contenda de arte se faz no inesperado, a capoeira ensina. Fora do tempo do outro, em cima do instante, vem o gesto de graça, toque de santo, que decide a questão. Aprecio uma luta, uma briga, sim senhor, o que for, desde que tenha arte, tenha malícia, mandinga, tenha inesperado. Donde não se espera, sai, sim senhor.

Daquele também não se esperava: uma pessoinha de nada, cabelo quase nenhum, gravata-borboleta, casaca preta de rabicho. Só que chegou rapidinho, decidido, encarando firme a turma toda. Que não parecia gente capaz de brincar em serviço. Orelha em pé, calados, instrumento na mão, levantaram-se quando ele entrou.

Até o chefe, de cacetinho em punho, baixou a cabeça. Sim senhor, respeito é bom e eu gosto, quem não gosta?

Mas provocação tinha hora marcada. Mal foi o chegado se ajeitando no banco, em frente a um piano mais crioulo do que eu, que o outro fez sinal com o cacetinho, e a zorra

começou. Se digo zorra é que não tem outro nome. Zoada, talvez. Uma zorra de zoada é o que fez aquela cambada com os instrumentos. Podia-se ouvir a léguas, podia meter medo a lobisomem, mas não assustou o homenzinho.

Não, senhor. Sentado no banco, ele se jogou na ferramenta que lhe cabia e respondeu à altura. As mãos corriam de um lado pro outro, os dedos se multiplicavam, golpeando com força. Rapidez e insistência, duas qualidades do capoeira. O coisinha tinha estas e outras, não era daqueles que alguém segure à toa, não senhor.

Brabeza tem para todo tipo. Tem o tipo rochedo, que ninguém tira do lugar, que pouco se mexe, mas distribui porrada com garbo, como rainha de beleza distribuindo beijinho. Desses já vi muitos, confesso que não me impressionam. Muito, não. Me arrepio mais com o tipo cipó, que se desdobra, rodopia, recua, mas sempre volta à carga, com vontade de caboclo faminto. Bom, tem tipo cobra, aranha, macaco, tem muito mais. O tiquinho era do tipo aporrinhado: desses que perdem e voltam à calma, se agitam e se aplacam, mas estão sempre em cima do alvo, que nem domador de xucro bravo. Ele era assim, sim senhor. Um aporrinhado.

Tinha suas razões: quando às vezes queria ir de mansinho, na maciota, a turma crescia pra cima dele, em alto e bom som, com toda a força dos instrumentos. Aí então, o baixinho se descabelava, metia a mão na massa, mandava ver. Provocação pra cá, resposta pra lá, era de dar medo, era coisa de muita emoção.

Bem, teve uma hora em que ele serenou, quietinho. Os olhos perdidos, dava gosto de olhar. Foi quando entraram as mocinhas. Mocinha, modo de dizer: moças taludas, bem-tratadas, todas de roupa branca. Podiam ser enfermeiras, mas ainda não era questão de coisas últimas, não senhor. Era questão de cantiga. As meninas começaram a cantar juntas, arredondando as boquinhas, suspendendo o gogó, sem animação nenhuma. A zoada, sim, era das grandes, que nem cantiga pra ninar jegue.

O fato é que acalmou a figurinha. Acalmou e deu mais força, pois não é que ele voltou com Satanás no corpo e recomeçou o frege? Daí em diante, ninguém segurou mais o homem. Homem, homem, sim senhor, sem diminutivo nenhum. A cada provocaçãozinha, ele dava agora uma resposta gigante, de tal calibre que a turma foi se mancando, murchando, aposentando os petrechos até calar de vez. Foi bonito de ver, sim senhor.

Bonito: o cabra brilhava de suor e satisfação, era cavalo de uma entidade que podia ser glória, orgulho, sei lá. O piano, crioulão de dentadura branca, sorria. Todo mundo batia palmas, até mesmo o dono do cacetinho, que foi lhe apertar a mão. Gostei? Sim, senhor, bastante até, nem reclamei da falta de berimbau.

Aliás, já respondi essa pergunta antes, naquele mesmo dia, no final da noite. Gostou do concerto? me perguntaram, e eu em cima da bucha: conserto não vi, não senhor, que contenda de arte, mesmo sem sangria desatada, deixa sempre um material quebrado. Osso, bunda, coração. Sim, senhor.

comer jabuticabas

Fumê é o vidro da porta de frisos dourados, que se abre para o saguão de mármore imaculadamente branco do edifício, mas ainda assim João Jorge consegue ver o síndico esgueirar-se rumo ao cantinho do elevador. João Jorge é negro como as jabuticabas que traz no pacote à mão esquerda. O síndico tem cor parecida ao mármore das paredes, com cabelos de tonalidade próxima ao amarelo dos frisos.

Filho de Oxum se dá com amarelo, tem quizila com negro. Não exatamente com o homem, mas com cor de roupa ou de enfeite. Sabe-se lá, porém, o que anda na alma de um síndico brancoso, de cabelo amarelado que, vai ver, não é filho de coisa nenhuma.

Bem, João Jorge sabe agora um pouquinho. Mais, pelos menos, do que meses atrás quando passou a morar em edifício de luxo. Coisa de destino: Loteria Esportiva. Até então, vivia do magro salário de auxiliar de escritório numa empresa de vigilância e dos ganhos ocasionais com aulas de capoeira numa academia de ginástica. Pagas as contas, as muitas que o sufocavam, não sobrava o que desse para comprar um sequer dos livros adotados no curso noturno de Administração.

Aí, sorriram os céus. Passado o abalo do início, cabeça no lugar, João Jorge começou a aceitar com naturalidade o maná. Voltou a fazer o que gostava — as aulas noturnas,

a roda de capoeira, a alimentação à base de frutas. O apartamento consumiu a maior parte do dinheiro, mas era um sonho antigo — espaço, antes de tudo.

A vida tinha tudo para correr tranquila daí em diante, apesar da estranheza dos vizinhos, logo sentida por João Jorge. Uma polidez estudada, às vezes exagerada, vestia as saudações de corredor. Nas reuniões de condomínio, mal lhe dirigiam a palavra ou então acontecia formar-se um pequeno grupo reservado para discutir questões de interesse geral. Mas ele se habituara a vida inteira ao constrangimento, e esse de agora era até mais suave. Era coisa de rico, fina, de meios-tons. Jogando com o duplo fio da hipocrisia, seria possível seguir na santa paz, sem tirar o time. João Jorge sempre foi bom de jogo.

Chato era o síndico, amarelo-ouro ante o negro.

A princípio, recusa velada do cumprimento. João Jorge deu bom-dia uma, duas, três vezes, e o homem, fingindo distração, simplesmente não respondia. Depois, hostilidade aberta. O síndico deixou de esconder o incômodo que lhe causava dividir com João Jorge o espaço do elevador. Dava ostensivamente as costas ou então, quando de frente, olhava com raiva para o costumeiro pacote de frutas na mão do vizinho. Pareciam irritá-lo em especial as jabuticabas. Fazia cara de nojo quando acontecia João Jorge pegar uma frutinha no pacote e mastigá-la devagar, com prazer escancarado.

Ao detalhe da jabuticaba outros foram-se somando, aos poucos, como que fazendo volume e pressionando a cabeça do síndico. Não, não eram só as frutas. Era o jeito balançado dele andar, a sandália que deixava ver o dedão empoeirado, o peito aberto, o colar de macumba, a rigidez dos músculos, o ar tranquilo demais, a mulher que ele um dia traria, os filhos que poderiam nascer, a cor. Era um crioulo, porra.

Então, aconteceu.

João Jorge está esperando o elevador, o síndico ali parado, sem um aceno, nada, nada além do silêncio ressentido. Estão sozinhos os dois, mas é como se houvesse muita gente num pequeno espaço e cada um se preparasse para a disputa do lugar. Sempre evitando cruzar o olhar, o síndico manipula nervosamente o crucifixo de ouro dependurado no pescoço. Abre-se a porta do elevador, entra João Jorge, depois o síndico, ambos se olham e, antes que a porta se feche, o síndico — veias estofadas, entre o amarelo e o vermelho — dá subitamente um tapa, um tapa forte, no rosto de João Jorge. Sem pestanejar, como se já soubesse o que ia acontecer e tivesse pronta a resposta, o agredido oferece a outra face.

Certo, certo, João Jorge poderia ter-se esquivado, ter reagido com uma de suas pernadas inapeláveis. Competência não lhe faltava, vontade até que era muita. Mas a alma de capoeira mandou agir daquele jeito — e foi ordem de momento, de inspiração, sem pensamento nenhum. A outra face, ponto.

Desde então, o síndico não mais consegue aparecer na frente de João Jorge. Mudou o horário de suas entradas e saídas, evita a porta do edifício, esconde-se. Como agora mesmo. João Jorge acompanha com o canto do olho as apressadas manobras de recuo. Vê quando ele passa do cantinho em que se havia abrigado para o elevador dos fundos. João Jorge empurra a porta e encaminha-se para o elevador da frente, enquanto retira a jabuticaba do pacote. No batente, duas moscas douradas medem forças.

vovó chegou para jantar

Monsieur, madame, entrez s'il vous plaît! Ah, entendem o português? Melhor, melhor... Meu francês não é tão fluente como o de minha filha... Vão longe os tempos do Sacré Coeur... Entrem, entrem! Meu nome é Viviane, já devem saber por Kiki. Na sociedade — so-ci-e-da-de! grand-monde, sabe — chamam-me de Vivi. Vivi Perrier. Adoro o sobrenome do meu segundo marido. Não, não é francês, mas descende, sabe? Família brasileira de classe. Vão sentando, vão sentando, je vous en prie!

Linda a sua esposa! Não, não me agradeçam — sou sincera. Verdade também é que eu morria de vontade de conhecê-los, principalmente a você, que foi professor de minha filha na Sorbonne, orientador de tese e tudo mais. Maravilha! Tão raro ver uma jovem com doutorado na Sorbonne. Incomparável ventura! Ah, sim, fortune, fortune!

Aí está ela, la voilà. Kiki, minha filha, você nos fez esperar um bom pedaço. Mas valeu a pena. Ela não é linda? Não, não sou uma vulgar mãe coruja, mas tenho coragem de celebrar em público os encantos da minha filha. Certo, Monsieur? Vejam só: pele de veludo; olhos azuis, azuis como os do pai; cabelos louríssimos. Uma deusa branca! Bem, bem, não vão pensar que idolatro raça, bobagens desse tipo, mas morenice parece-me mais gloriosa quando é uma gradação do branco, do louro, um efeito solar.

N'est ce pas? Kiki, minha filha, ordene aos criados mais scotch. S'il vous plaît!

Jantar servido. Monsieur, aqui; ali, madame. Kiki, filha, onde está o Pouilly-Fuissé? Sim, é de fato uma de suas melhores safras. Correto o consommé? Estas são costeletas perfumadas. Adiante, lombinho ao alecrim. Cheguei a pensar num menu de cor local, coisas baianas talvez, mas temi pela saúde de vocês. Azeite de dendê — sim, l'huile de palme — não combina com estômagos finos. Sobremesa allons-y: bavaroise, torta Sacher, gelados. Madame... Champagne?

Neste salão também meu pai costumava sentar-se depois do jantar e bebericar conhaque. Martin, Rémy Martin — jamais aderiu a nenhum outro. Importava-o religiosamente da França, junto com charutos holandeses. Não fumava os da terra, porque tinha uma cisma im-pres-si-o-nan-te com questões de higiene. Preocupava-se, vejam só, com a limpeza das folhas de fumo! Frutas, mandava fervê-las ligeiramente antes de comer. Era simplesmente incrível o meu pai! Quanta saudade... Mas não vou aborrecê-los com recordações pessoais... Mais licor, monsieur?

Retratos de família: ali, meu bisavô, avô, minha avó, pai, mãe... Esta aqui? Uma velha ama de leite... Oui, oui, baby-sitter typique, pessoa de estima na família. É, depois ainda falam em discriminação racial, todas essas asneiras. Não dou crédito. Em nossa família, negros sempre foram tratados com humanidade, como se fossem iguais. Ma foi! Claro, meu bisavô tinha escravos — eram necessários nos engenhos de açúcar e mesmo no palacete da cidade, esta casa onde vivemos até hoje. Ninguém da família, porém, jamais tratou um deles dessa forma que às vezes se lê em livros de História. Non, monsieur, muito pelo contrário. Nossas amas de leite, aquelas que ainda nos embalam, nos mantêm apertados junto ao coração, têm cor negra. Negrinha, sim!

Monsieur está mesmo interessado em histórias de negros, não? Alguma tese à vista? Volontiers, embora não ache que valham a pena, pois em minha opinião já se disse tudo sobre a escravatura. Poderíamos ter sabido mais se o ministro Rui Barbosa — monsieur conhece a história do Águia de Haia? — não tivesse mandado queimar os arquivos. Eu, por mim, acho que fez muito bem! Se foi uma nódoa, uma mancha em nossa História, para que guardar lembranças? Para quê? Para alimentar rancores? Não faz sentido. Depois, põem todos os senhores no mesmo saco, não se distinguem os benfeitores, os de bom coração, como meu bisavô.

Bem, se monsieur está tão curioso, posso contar. C'est pas beaucoup, sabe? Bisavô foi um dos maiores produtores de açúcar da região. A terra era excelente para o plantio, a família dispunha de muita mão de obra escrava e de muita garra para ampliar as fazendas. Bisavô foi um civilizador: mandou construir uma igreja na fazenda principal, alimentava de vez em quando os índios que sobraram, trouxe máquinas modernas para o engenho, até mesmo uma locomotiva! Bisavó? Não ouvi muito sobre ela, salvo pequenas deixas em conversas de família.

Não, madame, absolument pas, não é por machismo que se apagou na família a memória da bisavó. Afinal, por que tanto interesse? Se me calo, é que sei pouco. Bem... sei que ela não chegou a habitar este palacete, apesar de bisavô ter morado aqui. Por que ignoro. Hic...

Hic... Não se preocupem. Crise passageira de soluços, coisa que me dá de vez em quando. O que dizia eu? Ah, sim, a bisavó... Claro que temos um retrato dela. Não mostrei? Mas sim, aquele ali! Ali mesmo, ao lado do bisavô, ora essa! Eu tinha dito que era ama de leite? Tolice, coisas do champagne, sim. A imagem está enegrecida pelo tempo, daí a confusão. Sim, de fato, fotografia amarelece, mas esta aqui empreteceu, cacete! O que, Kiki? Não, minha filha, não falei palavrão nenhum, meu amor. Ma foi! Quero ser natural com monsieur e madame. N'est ce pas? Como eu ia dizendo, o retrato... O quê? Não, sim, en effet, sempre houve muito cruzamento de raças neste país. Meu avô, meu pai tinham hor-ror a essas uniões. Bisavô? Era um liberal — espírito de civilizador, sabe —, mas o resto da família não partilhava de suas escolhas. Bisavó? Dizem que foi uma dessas... Hic... Hic... Hic... Soluços, Kiki, não se preocupe! Monsieur...? A religião de bisavô? Bem, ele acompanhava bisavó, não tinha muito siso nessas coisas. Pelo menos é o que conta a família. Dizem até que foi enfeitiçado. Senão, como teria casado com bisavó? Por quê? Porque, meu cacete! Parce que! Esses gringos... O quiéqui êzi muréqui pensa? Hic... Hic... Hum... Hum... Nada, nada, estou muito bem, Kiki, não se afobe. Monsieur, Dame... Essas histórias de cor, sabe, esses casos de família, sabe, tem hora que voltam... Engenho é inferno... Bisavó, monsieur? Vovó, meu filho... Vovó chega, sim. Negou, ela volta — o que não se vê tem voz. Não, Kiki, me larga, me solta! Pra que roupa? Tiro, sim, caboclo tem roupa? É nua mesmo que eu gosto! Tá quente na aldeia... Sou daqui não, sou de Zinangora... Sou tudo, sim, homem, mulher, sou mina, sou gege, sou gê... Sou preta de ganho, não, sou de guerra, caboclo de corso. Não mexa conego, não, mexa não! Hic... Hic... Hum... Hum... Agora vovó tá dançando, sim. Não, nada de língua de gringo conego, moléstia! Quiéque suncê qué? Tem zimbo pra mim, chibungo, tem? Tem miçanga? Então arreda! Hum... Hum... Afasta! Cadê o charuto? Hum... Hum... Hic... Hic... Hum... Êêêêita! Salve as falanges da mata!

sobre o autor

MUNIZ SODRÉ, cujo nome completo é Muniz Sodré de Araújo Cabral, nasceu em 12 de janeiro de 1942, na cidade de São Gonçalo dos Campos, Bahia. Passou a infância na cidade de Feira de Santana. Em Salvador, iniciou sua vida profissional como jornalista no *Jornal da Bahia* e como tradutor no Departamento de Turismo da Prefeitura.

Dentre as várias línguas estrangeiras que conhece, estão o iorubá (nagô) e o crioulo, de Cabo Verde.

Foi discípulo de capoeira do famoso Mestre Bimba. É, também, Obá Xangô do terreiro baiano do Axé Opô Afonjá.

Com mestrado em Sociologia da Informação na Sorbonne, e doutorado em Letras na Universidade Federal do Rio de Janeiro, é professor titular da Universidade Federal do Rio de Janeiro. Foi presidente da Fundação Biblioteca Nacional.

Escreveu vários livros sobre comunicação e cultura no Brasil e cinco de ficção. Este é seu primeiro trabalho de ficção publicado.

Este livro foi impresso nas oficinas da
Distribuidora Record de Serviços de Imprensa S.A.
Rua Argentina, 171 – Rio de Janeiro, RJ
para a
Editora José Olympio Ltda.
em março de 2011

*

79º aniversário desta Casa de livros, fundada em 29.11.1931